「私……パーティーから抜けようと思うの。私がいるせいでパーティーの評判も悪いし、白魔導が使えない付与専門の魔導師なんてお荷物でしかないから……」
いやマジで勘弁してくれませんかねえ!?
パーティー辞めます宣言

最強パーティー
『白獅子』
『白獅子』レオ

『付与魔導師』シル
『シーフ』スズ
『黒魔導師』マジク

お祭りの帰り道
「よし俺と一緒に王城へ
（あれ、クルス協力して
くれるんだよな？・）」
「いえいえ私と共に
教会へ行きましょう
（レイラさん、協力して
くれるんですよね？・）」
『蒼麒麟』レイラ
『朱天狐／聖女』クルス

自分に自信がない最強パーティーメンバーが辞めたがる件

The strongest party member who is unsure of herself wants to quit.

1. チートすぎる仲間となぜか英雄になった転生者

Kiyama Shiraishi
【著】白石基山
【画】灯 Akashi

ENTS

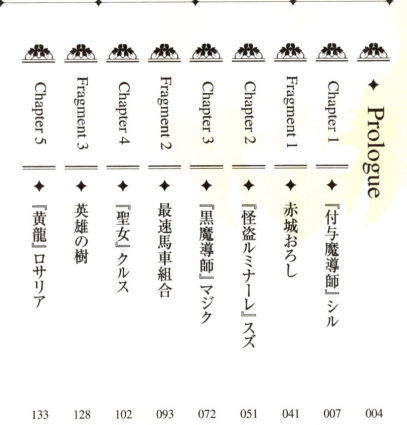

unsure of herself wants to quit.

CONT

The strongest party member who

Prologue

何も持っていなかった太陽が、血を照らした。
風を纏《まと》い、光を浴びた太陽は英雄と呼ばれた。

そんな一節をどこかで聞いた。酒場で吟遊詩人が歌っていたのか、もしくは旅芸人が語っていたのか、思い出せはしない。だけどもし、この世界がいわゆるファンタジー世界だっていうならそれくらい愉快で荒唐無稽な展開を期待して良いんじゃないかなって思ってた。けどなかなか機会に恵まれない。恵まれないうちに諦めた。いくら剣と魔法の世界でモンスターだっていると言っても、結局は人が住んでいて人と共に生活があるからには一番大変なのは対人関係なんだから。

俺はよくある（？）転生者だ。転生の経緯なんかは一切覚えていない。五歳くらいの時に前世の記憶が完璧ではないがなんとなく戻った。まあ、転生したからといって前世がどうだったとかは特に面白味もないしけっこうあやふやなので割愛する。

別に転生特典とかも何もないし、転生させた神様がいたとしても目的や使命を与えられた訳でもない。

剣と魔法の世界。まったく嬉《うれ》しくない。ここではスキルがなければ剣技は大したことがないし、魔法は使えない。要は才能依存の世界である。評価もされない。世知辛い世の中である。

俺は勇者とかでもない。というか勇者は昔はいたらしいが今は存在しない。別に魔王とかいないし。モンスターや人間と敵対する魔族はいるが、人間と仲良い魔族も少数いる。

現状、世界は危機に瀕《ひん》している！　みたいな状況ではなく、いくつかの国家において人並みの生活をするだけの運営がきちんとなされている……みたいな感じだと思う。ぶっちゃけ冒険者としてその日暮らしを頑張っていた身なので全然その辺は詳しくない。

冒険者として最高ランクであるSランクを有り難くないことに貰《もら》ってしまい、『白獅子《しろじし》』のパーティーリーダーとしてギルドからも評価され、国からも称号を与えられ英雄視されている者ではあるんだけども。

違う。そうじゃないんだ。

うちのパーティーメンバーの実力が凄《すご》すぎるだけなのである。

俺自身は普通にちょっと毛が生えた程度の人間である。普通よりはちょい上くらいだと思いたい。上だといいなあ……。

なんて現実逃避をしている場合ではない。今、目の前で起こっている現実に対処せねばならない。いつものことではあるが、人生最大のピンチだ。

ギルドを通して購入した我ら『白獅子』のパーティーハウスで、いつも通り昼食を取った後、シルから話があると持ち掛けられた。

今日は朝からいつもより無口というか、落ち込んでいる様子だったから察しは付いた。

机を挟み項垂《うなだ》れた様子で、桃色の前髪で隠れ顔色は窺《うかが》えないシルが切り出した。

「私……パーティーから抜けようと思うの。私がいるせいでパーティーの評判も悪いし、白魔導が使えない付与専門の魔導師なんてお荷物でしかないから……」

ね？　いつも通り、自分に自信のないパーティーメンバーが辞めようとしてるの。

いやマジで勘弁してくれませんかねえ!?

Chapter 1

『付与魔導師』シル

この世界のパーティーメンバーといえば、基本構成は前衛が二人、タンクとアタッカー。そして後衛として回復役の白魔導師や探索役を兼ねアイテムを使いこなすシーフ、後衛攻撃役として黒魔導師かアーチャーの五人で構成することが多い。パーティーメンバーが増えすぎるとコストが高すぎて任務で手に入る金では赤字になる場合が多いからだ。世知辛い。

付与魔導は確かに不人気である。

そりゃあパーティーにとって回復出来る白魔導がありがたいのは分かる。

奇跡の『聖女』と言われている人がいる。組んだこともあるが、彼女なんて死んでなければ、いや首がちょん切れても死ぬ前にくっつけて全快に出来る。

魂が消滅する前に元の状態に復元して回復させるのだ。ダメージを喰らう前提で回復魔導を予《あらかじ》め飛ばしてきて攻撃を喰《く》らいながら全快、こいつ死ぬなと判断したら死ぬ前提で回復魔導を飛ばして死んだ瞬間復活みたいなことを平然とやる。ネトゲのチートプレイヤーみたいな存在である。

なんなんあの人。超人気の『聖女』様がそんなチート白魔導師だから、付与魔導しか使えない人間となれば相対的に価値が下がると思われるのだ。

ちなみに『聖女』様の一番ヤバい所はどうあっても周りは死なないから、延々と味方がゾンビアタックを行えることである。尚《なお》、そのゾンビアタックを行った前衛の精神はだいたい壊れるからやることはほとんどないと言っていた。

ほとんどってことは何度かやったんですよね分かります。俺何回もやったなそういえば。おい何が『聖女』様だ。

ただ、そんな奇跡な『聖女』様と比べてもシルはヤバい。その辺の木の枝に『破壊』を付与し、その枝で叩《たた》けばオークが粉微塵《こなみじん》に砕けるのである。そりゃあもうパーンと弾《はじ》けるのである。

なんで？　とまじでビックリしたのを凄《すご》く覚えている。

『防御』を付与してくれれば多分砲弾を撃ち込まれても蚊が止まったレベルである。モンスターの打撃でダメージを受けた覚えが数回しかない。

『対異常』も完璧。

しかも普通は一人に一つしか付与出来ないのにこの前なんか十個くらいバフを掛けられていた。チートである。回復魔導？　ダメージも異常も入らなきゃいらなくない？　ほんと俺なんかと一緒で申し訳ない。この娘凄《こ》すぎるんだよ。

「私……パーティーから抜けようと思うの。私がいるせいでパーティーの評判も悪いし、白魔導が使えない付与専門の魔導師なんてお荷物でしかないから……」

「いつも言ってるだろう？　シルはパーティーの要だって。シルの付与魔導は最高だ。一回で複数の付与を掛けることが出来る、しかも無詠唱だぜ？　他の誰がそんなこと出来るっていうのさ。評判？　うち『白獅子《しろじし》』だぜ？　ギルドランクだって最高のSランクだぜ？　ただのやっかみだよ」

「でも……付与魔導が不人気でみんな極めようとしないからってだけで、私はこれしか出来ないから仕方なくこうなったっていうか……」

「シルがいなかったら俺なんてこの前のドラゴン討伐でも死んでたんだぞ？　まず一撃目のブレスで吹き飛ばされながら丸焦げだった。シルが『対ブレス』と『対熱』の付与魔導を掛けてくれていたお陰だ。その後の一撃でドラゴンを真っ二つに出来たのだって『力』と『斬撃』の付与魔導を掛けてくれていたからだ。そうじゃなかったら分厚いドラゴンの皮膚なんか俺程度が斬り裂けるもんか」

しかもドラゴン討伐の時、他のメンバーが留守だったアンド緊急依頼で街にSランクが他にいなかったから、まあ元々Sランクなんてほとんどいないんだが、ともかく二人だけでの任務

だった。回復役？　シルがいれば要らない。だって大した怪我《けが》しないもん。せいぜい自分で道具袋から取り出した薬草むしゃむしゃして済む程度だわ。

「ち、違うよ！　レオならあんなブレス一振りで薙《な》ぎ払えるしドラゴンの皮膚だってレオの剣技なら切り裂けたもん！」

「出来るか！　俺のスキルがゴミなのは知ってるだろ」

断言する。絶対無理である。ドラゴンの皮膚は分厚いし硬い。スキルなしでは絶対斬れない。

「シル、いつも言ってるだろ。俺はシルが付与魔導掛けてた状況だったから勝てただけなんだよ。なぁ頼むよ。辞めないでくれよ。……もしかして引き抜きか？　確かにうちはパーティーメンバーに平等に分けてるから取り分が少なくて不満かも知れない。……他のメンバーの取り分は減らせないが、俺の取り分からなら、分けられるぞ。流石《さすが》に全部はちょっと無理だけど」

黒魔導師やシーフは装備に消耗品も多く、少し取り分多めにはしてあるが、それは消耗品分としてシルにも了承は得ている。が、時間が経《た》ち、やっぱり納得がいかないというのであれば、ここは俺の財布から出すしかない。

いや黒魔導師に消耗品が多いのは一般的な話で、うちの娘は消耗品とか必要なさそうだけど、お菓子とか服とか自由に買ってほしいと思っているから、なんやかんや理由付けてお小遣い渡してるだけなんだけど。

正直シルはいつか魔王なんて存在が現れて、勇者なんて人間が魔王討伐とかするのであれば、俺なんかより勇者の所にいたほうが世界の為《ため》には絶対良いんだろうけど。そうでもないならうちにいてほしい。マジで。

「ち、違うよ！　お金が欲しいんじゃなくて！　っていうかもっと少なくても全然大丈夫だよ!?　それに付与魔導しか使えない白魔導師に引き抜きなんてある訳ないよ!?　シーフのスズや黒魔導師のマジクちゃんじゃないんだから引き抜きなんて……」

「え、あの二人引き抜きの話来てんの？」

シーフのスズ。戦闘は出来ないが探索系のスペシャリストである。恐らくこの世の探索系スキル全てを極めてるんじゃないかと思えるくらい凄い。例を言うとダンジョン探索の時に、彼女が先頭で入れば罠《わな》を百パーセント回避出来る上に一度も戦闘にならずに最下層まで辿《たど》り着き、お宝をゲット出来るレベルである。

パーティーメンバーに入る前は悪徳貴族から貴金属を盗んで恵まれない平民に金を配るなどしていた正義の怪盗としての裏の顔を持つイケメン系美人さんである。尚、胸が平らでシルエットだけ見た警備の人達《たち》から男と断定されていたので、俺も任務で会うまでは男だと思っていた。色々あってパーティーに入ってくれた。

マイナススキルの影響で戦闘関係がからっきし、どころか完全に出来ないというコンプレックスを持つ。彼女もたまに辞めようとする。困る。

黒魔導師のマジク。メガネっ娘である。ではなくて、超が付く程の高火力黒魔導が使える娘である。多分人類側最高火力を持つ。その代わり、その辺の人間でも属性は二つ三つ持つにも拘《かか》わらず、単一属性の黒魔導しか扱えない。ちなみに俺は一つもない。

そしてその属性が六属性の中で一番不人気の土属性というのが彼女のコンプレックスである。しかも火力が高すぎて、初期魔導ですら宮廷魔導師の最高火力を超えるので迂闊《うかつ》に使えない始末であり、魔導のコントロールをうっかり誤ったりするドジっ娘でもある。出会ったときは超精密にコントロールしていた気もするが……。

なので彼女が魔導を披露する場面はほとんどない。が黒魔導を使ったらどんな相手でもオーバーキルである。彼女もたまに辞めようとする。困る。

「……分かった。シルが辞めるなら俺も辞める」

「ええ!?　駄目だよ!?　レオが『白獅子』のリーダーなんだよ!?　せっかく国から認められて『白獅子』を名乗ることを許される所まで来たんだよ!?　やっと王国に『五龍《ごりゅう》』の一角として認められたんだよ!?」

「いやそんなのシルと比べたらどうでもいいし」

「ふえ!?」

元々冒険者としてソロだった時に俺の名前、レオと前世の知識からの連想で『獅子』というパーティー名でギルドに登録していた。んでコツコツ、生きるのに困らない程度に任務をこなしながらスキルを磨き、いや磨かれなかったんだけど、パリィだけでなんとかやってきた訳なのだが、パーティーメンバーが一人、また一人と加入するにつれて、『獅子』の名は知られるようになり、またメンバーが全員強すぎたせいでホスグルブ王国の最高の称号である『五龍』の一角に数えられるまでになっている。『五龍』なんて、『白獅子』なんて望んでない。めっちゃ断ったのに無理やり押し付けられた。

ちなみに現『五龍』唯一の平民出身であり、民間ギルド所属としても唯一である。割と憧れの的らしいがぶっちゃけ自分の力ではないのでかなりどうでも良い話である。

ていうか正直、うちのパーティーに来る依頼が、『白獅子』とかいう称号のせいで難易度がヤバくなりすぎて誰か一人でも欠けるとすぐ無理ゲーになるので、誰か辞めるのであればマジで辞めたい。

「……そんなにレオにとって私が必要？」

シルがようやく顔を上げた。上目遣いで不安そうにこちらを見ている。俺は出来るだけ力強く答える。

「当たり前だろ」

「……分かった。もう少し頑張る」

「本当!?　ありがとうシル！」

なんとかシルはまだ辞めないでいてくれるらしい。思わず立ち上がりシルの手を取り上下にぶんぶんと振り回してしまった。しかしスズとマジクに引き抜きの話があるとかいうのが気になる。いま二人ともパーティーを離れているのが不安を煽《あお》る話である。

……どうしよう。

◆◆◆

私はシル。独り立ちする為に育ての親でもあるリィナ師匠の下から離れ、タオという街にやってきました。師匠から聞いていた冒険者という仕事に就こうと思ったんだけど……。

「はあ？　白魔導師なのに回復魔導使えないの？　付与魔導だけ？　自己強化魔導使えるからいらないわ。他当たってくれ」

「え、付与魔導自分には使えない？　じゃあ荷物持ちにも使えないじゃんか。あー、うちは無理だわ」

冒険者ギルドで勇気を出して色々な人に話し掛けてみたのに誰にも相手をしてもらえません。

付与魔導しか使えない。というのは、邪魔。いらない。という評価しかもらえません。

「うう……」

冒険者ギルド内の大食堂で何も頼まずただ机を前に項垂《うなだ》れていた私。

「あの」

「……はい？」

「良ければギルドのほうから紹介しましょうか？」

「いいんですか!?」

あまりにも落ち込んでいた私に受付嬢さんが声を掛けてくれました。「正直見ていられなかった」とのこと。優しい。

そしてギルドから紹介してもらったパーティーと初任務をこなしまして。

「これ、今回の任務の報酬山分けした分な」

「……はい」

「で、分かってると思うけど、ギルドの紹介だから一度は面倒を引き受けてみた。でもやっぱりうちにはいらないわ。あと天然がすぎる」

「……はい」

いらない。邪魔。と言われていた理由が良く分かりました。ギルドから紹介してもらったパーティーとの初任務、私はお荷物でしかありませんでした。唯一それしか出来ない付与魔導もスキル使うからいらないと言われ、自分の荷物で手一杯の非力な私には荷物持ちすら出来ず。せめて雑務をと思っても、師匠から教えてもらったサバイバル技術というのは相当古い物らしく皆さんが持っていたキャンプ道具もまともに使えず……。天然っていうのは良く分かりませんが……。

ギルド側は悪くありません。受付嬢さんはかなり頼み込んで私を入れてくれるパーティーを探してくれたみたいです。それなのにこの体たらく。ただただ私は落ち込んでいました。

「あ、レオさんちょっといいですか？」

「ん？　なんか稼ぎのいい任務あるの？」

「いえ、実はあそこで一人項垂れている女性なんですが……報酬少し上乗せしますので……」

「ああ、いいよ」

「シルさーん！　ちょっといいですかー！」

「ふえ？」

「こちらレオさん。次の任務にシルさんと一緒に行ってもらう方です」

多分、運命の出逢《であ》いというのがあるのであれば、この時のことだと思います。受付嬢さんから紹介されたレオさん。身長も体格も普通くらい。白髪って確か師匠が珍しいって言っていたな、くらいがレオさんに抱いた第一印象です。

受付嬢さんが笑顔で紹介してくれたので慌てて私は返しました。

「あ、あの、シルって言います。白魔導師で……でもあの、付与魔導しか使えなくて……」

「うん、聞いてる。俺はレオ。大丈夫、無能っぷりなら俺のほうが上だ。なんせパリィしか使えないからな！」

「ふえ？」

「あの！　レオさんはパリィしか使えないかも知れないけど優秀な冒険者さんなんですよ？　きっとレオさんと一緒に任務を受ければ何か為になるはずです」

受付嬢さんが力説する。

「いや俺まじで無能だからね？」

レオさんは自分は無能だと言い切る。これにはこの時の私は困惑していました。

「え、えっと……」

「とにかく、低ランク任務ですがお二人にお任せしますので宜《よろ》しくお願いしますね！」

「はーい」

「は、はい！」

気の抜けた返事のレオさんとは対照的に気合いがぐるぐる空回りしている私の返事に苦笑いしながら、受付嬢さんは任務票をレオさんに渡してギルド奥へ戻っていきました。

「うーんと、畑を荒らすゴブリンの討伐か」

「ゴブリン、ですか？」

「うん、背の低い人型で緑肌の醜悪な小物モンスター……かな？　一般的に言われているのは。武装してる時があるのと動きが意外と素早いから注意って感じかな。ともかく明日朝に街を発《た》つとして、シルさんは今日の宿は大丈夫？」

「あ、はい。さっき貰《もら》えた今日の報酬でなんとか……」

「なら大丈夫か。じゃあ明日朝に街の正門で。多分二、三泊になるからテントやら用意……って大丈夫？」

「は、はい！　大丈夫です。宜しくお願いします！」

私はレオさんと別れた後、なんとか取れた宿にて今日のことを思い出しながらレオさんのことを考えていました。

レオさんは自分をパリィしか使えない無能、だと言いました。でもギルドの人からは信用されているように見えたので、きっとそれ以外の何かがあるのだとも思いました。

◆◆◆

スズとマジクが二人でマジクの里帰りへ出掛けているので、暇つぶしに訪れたギルドで紹介を受けた仕事。新入りらしい白魔導師のシルという娘と一緒にゴブリン討伐。

ゴブリン。所謂《いわゆる》雑魚モンスターの括《くく》り。初心者にちょうど良い任務を見繕った受付嬢さんの意図は任務に慣れさせることと、冒険者としての適性はあるかというのの確認、かな？　人型モンスターであるゴブリンの討伐は初心者にはグロいからな。

白魔導の使い手は基本的に回復魔導しか使わない。というかパーティーメンバーが使わせない。バフを掛けるくらいなら回復に魔力を取っておけという考えが普通。例えば戦士系なら戦士系のスキルを使えば剣技の威力や速度は上がるから基本的に自己スキルで補えるのよね。なんなら自己強化スキルだってあるし。だから専門であり生命線である回復役に徹してくれ、が普通の考えなのだ。

ただし、俺個人としてはめちゃくちゃ興味がある。奇跡の『聖女』様と組んだ時もそういや付与魔導なんて掛けてもらってなかったもんな。回復でゴリ押しスタイルだからなあの脳筋『聖女』様。

明朝、街の正門前にそんなことを考えながら向かうと、白魔導師のシルさんが先に着いて待っていた。

「あれ？　荷物少なくない？」

「そうですか？」

背負っている荷が少ない気がする。テント持ってない？　初野外任務ならそういうこともあるか。……まあ最悪、俺のテントを貸して、俺は夜空見ながら野宿すればいいかと個人的に納得する。

「ま、いいか。行こうか」

「はい！」

結果的に言うと、彼女の荷物は足りていた。

布とロープで簡易テントを即興で作るからテントがいらないんだ。適当な間隔の木々があれば良いらしい。テント張ってるのが逆に恥ずかしくなるやん。

感心しながら、なんか飯作るかと背負ってきた鍋を出す前に、ナイフで樹皮を綺麗《きれい》に切り取り始めてそれを鍋代わりにするんだ。大きく四角に切り取って四隅を紐《ひも》で括って持ち上げ、浅い鍋状に形を器用に作って。思わず聞いちゃったもん「燃えないのそれ？」って。意外と燃えないんですよねーとか濡《ぬ》らしちゃうと料理くらい平気ですよーとか言ってテキパキ準備してるんだもん逞《たくま》しいわ。

料理は俺がやるよー簡単なやつだけど、と持ってきていた干し肉と豆類に根菜を適当に突っ込んで料理とも呼べないスープを二人で啜《すす》った。

「はー。美味《おい》しいです」

「そう？」

「はい、美味しくてびっくりするかと思いました」

「びっくりはしないんだね」

「育ててくれた師匠が、味とかに拘《こだわ》らない人だったんで美味しいものを口にすると嬉《うれ》しくなりますね」

「師匠ってどんな人？」

「綺麗なオレンジのサラサラとした長い髪を、ばっさりと切ったみたいなショートカットで」

「ショートなのね」

「高身長で凛《りん》とした表情が似合うといいなぁってたまに思います」

「思うんだ」

なるほど、よく分からんことが分かった。この娘さては少し変わった娘だな？　まあ良いんだけど。

「にしても手際良かったな。天幕張るのも色々準備するのも」

「師匠が冒険者になるには必要な技術だって言ってたんです。けど、テントの張り方なんて分からないし、道具があれば必要ないだろってこの前の人達に言われちゃって……」

恥ずかしそうに俯《うつむ》くシルさんを見ながら考える。

モンスターや魔族が凶悪だった百年程前までとは違い、今や冒険者は社会の底辺から貴族の次男坊三男坊やら様々な人間がやっている、そこそこメジャーな職業である。

そして社会の底辺でも犯罪に手を染めずになんとかやっていける程度の稼ぎを作り出せるセーフティネット的な側面もある。そんな冒険者達が増えるとそれに伴い当然商売になるので便利な道具も増える。だからシルさんがさっきやったような技術は廃れる。

「荷物減らせて良《い》いと思うけどなあ。テントなんて骨組みの組み方覚えちゃえば簡単だと思う。シルさんの技術のほうがよっぽど価値があると思うけどね」

「そ、そうかな」

「そうそう」

シルさんの師匠は、シルさんがどこでも生きていけるように随分と教え込んでいるようだ。

……スキルが絶望的に向いてない気がするけど、そこは人のこと言えないしなんとかしてあげたいけどなあ。

「あんまりモンスターに出会わないですよね」

早朝、さっさとキャンプ道具を片付けて依頼先の村へ向けとことこと歩き出した。シルさんは昨日から外でモンスターに出会わないのが少し不思議なようだ。

「大きな街や街を繋《つな》ぐ街道近くにはモンスターは寄ってこないからね。百年近く前の凶悪だった頃はどこにでも現れてたみたいだけど。だから小さな村でモンスターが出たら依頼が大きな街のギルドに寄せられるんだ」

「そうなんですねー。師匠と住んでいた家、森の中だったんですけどモンスターがたくさんいましたよ」

「え、それ大丈夫だったの？」

「はい、師匠がよく爆殺してましたから」

「へ、へえ、そうなんだ？」

良く爆殺してました、えへへと笑顔でシルさんは言う。あれ、この娘思ってたよりもずっと変わってる……？

「そういえば、師匠が言ってたんですけど」

「うん」

「オークって人間の屁《へ》の臭いを嗅ぐと死ぬって本当ですか……？」

「いやいやいやいや初めて聞いたけどそれ嘘《うそ》だと思うよ!?　あいつら獣臭《けものしゅう》凄いしそれくらいじゃ死なないでしょ！」

「あーやっぱりそうですよねえ」

これシルさんじゃなくてその師匠って人が悪いわ。そう確信した。

そんな雑談をしながら依頼先の村に着く。村長の家を教えてもらい、村長と依頼の内容の確認。村長の話だと畑に最近よくゴブリンが五匹ほど出現するらしい。収穫時期だからな。

「じゃあちゃちゃっとやってきますよ」

「宜しくお願いします」

「ええ、任せて「レオさーん！」……シルさん!?」

村長と話をしているとシルさんの大きな声が外から聞こえてきた。俺は慌てて外に飛び出した。

「レオさん、ゴブリン見つけましたー！」

そう言って尾を引っ張るシルさん。

人型で緑肌の醜悪なモンスター。うん、大体合ってる。

体長が三メートルほどある巨体じゃなければ。

「シルさん、それオークって言うんだけど」

「へ？」

シルさんはオークを見上げて、少し考える。

「……なるほど！」

「なるほどじゃないよねえ!?」

「あはは、オークさん、間違えました。帰っていいですよ」

「それで帰るわけないよねえ!?」

何がなんだか分からないといった顔をしていたオークだが、まあいいかと手にしていた棍棒《こんぼう》代わりの巨木の枝をシルさんへ振り下ろす。

「あっぶない！」

「ふえ」

振り下ろされた棍棒は大地を打った。轟音《ごうおん》が鳴り響く。流石にとてもじゃないが間に合わないと思ったのだが、俺は何故《なぜ》か振り下ろされた棍棒より早くシルさんの下へ走り、シルさんを抱えて離脱出来た。

「シルさん、流石に危ないから注意して」

「すみません……」

村中に響いた轟音になんだなんだと家々から村人が出てくる。小さな村に現れたオークを見上げ、多くの悲鳴が上がる。

「さてと、どうすっかな」

「あの……」

オーク。デカい。力強い。硬い。単純にフィジカルが強い。スキルなしの俺とすこぶる相性が悪い。頭は良くないから罠に嵌《は》めるとか事前準備が出来れば良かったんだが。かと言って村に出てきてしまっているオークを放ってはおけない。

「えっと……」

「シルさん、今考えてるから」

「はい。でもあの……大丈夫ですか？」

「何が？」

「さっきからオークに殴られてますけど……」

「うん？」

振り向いた俺。棍棒を振り被《かぶ》るオーク。打たれる俺。ノーダメージ。幾度も俺を叩いていたらしいオークは肩で息をしながら化け物を見る目で俺を見ていた。いや化け物はお前だけどな。

「……シルさん、付与魔導使ってる？」

「はい、村に入る前から」

「村に入る前!?」

「あ、すみません……。遅かったですか……？」

付与魔導。所謂バフ。一般的に言われている効果、およそ三十秒。それは『聖女』でさえ変わらない。

『聖女』様に一度聞いたことがある。力や速さ等のバフはスキルを使えば補えるのは分かるが、対麻痺《たいまひ》やら対毒やらのバフなら使いようはあるんじゃないかと。『聖女』様からその時返ってきた言葉は、一度に数十秒しか持たないから食事の時とかなら使えなくはないが、何度もバフを掛けるなら一度受けて回復したほうが圧倒的に魔力の節約になる。白魔導師が状態異常になった時に回復出来るアイテムさえ確保出来ていればそのほうが良いと。

「……シル、付与魔導ってどれくらいの時間持つの？」

「え、時間測ったことないですけど……多分半日くらいです」

長え！　いやそれもだけど！

「ちなみに今掛けてあるバフって？」

「『力』『速さ』『防御』『対魔導』『対毒』『対麻痺』『武器に切れ味』『武器に不壊《ふえ》』です。……少なかったですか!?」

「いやいやいやいや」

あれ、バフって一度に一つまでじゃなかったっけ？

「があああああ！」

再び唸《うな》りを上げたオークが棍棒を両手で持ち渾身《こんしん》の力で振り下ろす。俺の頭部に直撃する。砕ける棍棒。うそやん。俺聞いたぞ。防御のバフって革の服一枚多く着たくらいの感覚だから過信するなって。

「……レオぱーんち」

適当なこと言いながら軽くオークの腹部を殴る。悲鳴を上げながら宙に舞い吹っ飛んだオークは頭から落下しピクピクと死亡寸前である。

「レオさん凄い！　オリジナルスキルですか!?」

「いやいやいやいや」

何これ。キラキラ輝いた目で俺を見るシルさん。いや違うよとんでもないの貴女《あなた》ですよこれ。とりあえず終わらせなきゃとオークに近付いた俺は、ふと思い出したので試してみることにした。ぷぅっと空気が抜ける音。拳に臭いを握り締める俺。オークの顔面で拳を開く俺。絶命するオーク。

「嘘でしょ」

「レオさん、オークって本当にそれで死ぬんですね」

「シルさん、俺に『屁に即死』とか付与したりしてない？」

「あはは、やだなーそんなのある訳ないじゃないですか」

「そうだよね……」

本当に？　この娘とんでもなさすぎて疑っちゃうぞ。ほんとは『屁に即死』とかいうオリジナルバフあったりしない？

あと気付いたらゴブリン五匹がこっちを驚愕《きょうがく》した顔で見ていたので拾った石を投げたらゴブリンの上半身がパーンと軽快に爆散しました。

「レオさん凄いんですね……」

「凄いのどう考えてもシルさんだよ!?」

バフってレベルじゃねえぞこれ。どうなってんの……。

「いやー、なんという圧倒的な力！　すさまじいですなあ！」

手を叩きながらやってくる村長。それと周りの村人も先程の一方的な虐殺を見てキャッキャと騒いでいる。

「圧倒的でしたな！　いやーあれだけの強さを見たのは長いこと生きてきたが初めてだ」

完全に人外レベルでしたもんね。俺が一番びっくりしてるんだが。シルさんが横で凄い凄い言ってるけどあんたがやったんや。

「いや、俺の力じゃなくてこっちのシルさんの付与魔導が凄くて……」

「付与魔導で？　なるほど。いや、そういうことにしておきましょう」

完全に村長信じてなくて笑う。なるほどじゃないんだが。勝手になんか勘繰らないでもろて。

村長から任務票に依頼完遂のサインを貰って街へ戻る最中、気になったことが多すぎてシルさんに質問しまくった。

「あのオークどこから引っ張ってきたの？」

「え、街の真ん中にいましたけど。やだなー私の力で何処《どこ》からあんなに大きいの引っ張ってこられないですよ」

「シルさん自身に付与魔導掛ければいけるんじゃない？」

「私、何故か自分には掛けられないんですよね」

「誰かに使ったことは？」

「師匠には使いましたけど、『まあ付与魔導ならこんなもんでしょ』って言ってましたね」

シルさんがバグってるの絶対育ての親のせいだよねこれ！

「あれ、一つ前にもパーティーに参加してたんじゃ？」

「ああ、スキル持ってるから使わなくて大丈夫だから後ろに下がっててって言われちゃって」

なるほど。勿体《もったい》ないことしたなそのパーティー。新人だから危なくないよう配慮した結果なのか。まあ普通の付与魔導基準で考えたらそうもなるか。

そうだな。

よし、決めた。

「シルさん、良かったらうちのパーティーメンバーに会ってみない？」

「へ？」

という訳で、シルさんに前情報なしにうちのパーティー『獅子』のスズとマジクが帰ってきたタイミングで会ってもらうことになった。

前情報なしで。

これは賭けである。シルさんは凄い。間違いなく凄い。能力をきちんと知ってもらえれば何処からでも引《ひ》く手数多《てあまた》なのは間違いない。

そしてうちのパーティーは問題だらけである。シーフとしては超一流だが戦闘能力がまったくないスズ。魔力がありすぎて魔導がすぐ暴走するマジク。そして唯一の前衛が戦闘スキルがパリィのみの俺。んでもってあまり言いたくはないが、マジクは人と魔族のミックスルーツであり魔族の血が入っているというだけで嫌悪されたりする。めっちゃいい子なのに。

なのでマジクに会ってどう反応するかというのが賭けなのだ。そしてその反応でマジクを傷付けないよう配慮しなければいけない。うん、スズに後で怒られるかも知れない。

二人が帰ってくる日に合わせてうちのパーティーハウスにシルさんに来てもらった。居間の椅子に座ってもらっている。

「「ただいまー」」

二人が帰ってきたので、出迎えて会ってもらいたい人がいることを伝え二人を居間に連れて行く。途中、スズに肘で突《つつ》かれて「大丈夫なんやろな？」と小声で言われた。「フォロー宜しく」とスズに小声で返したらため息を吐《つ》かれてしまった。

「あ、あの初めまして！　シルと言います！」

立ち上がりぺこりと頭を下げてシルさんが挨拶した。

「はー、また可愛《かわい》い娘拾ってきたなーレオっち。ウチはスズ。マジク？」

俺とスズの後ろに隠れ頭だけひょっこり出して様子を見ていたマジクが、スズに促されて一言だけ小さな声で挨拶した。

「……マジクです」

「はい、スズさんとマジクちゃん、宜しくね」

手を差し出されたマジクはビクリとしてしまい被っていた外套《がいとう》のフードが落ちた。魔族と分かるマジクの長耳が晒《さら》された。マジクの顔が青褪《あおざ》めた。そんなマジクを見て、シルさんは笑顔で話し掛けた。

「マジクちゃんの髪、長くて綺麗だね！」

「え……」

マジクがシルさんの反応に困惑している。正直、驚いた。シルさんが悪い人じゃないことは確信していた。それでもマジクの耳を見ても一瞬も動揺しなかったのには驚いた。スズもそれは同じみたいだった。

「あ、あの……」

「どうしたの？」

「私の耳……」

驚いたマジクが自分から言った。どうして驚かないのか聞きたいみたいだ。

「耳？　エルフ種の耳だよね？　あれ、今は魔族って言うんだっけ？」

驚いているマジクの代わりに俺が聞いた。

「シルさんは気にならないのか？」

「えー、だってマジクちゃんはマジクちゃんじゃないですか。可愛いですねー」

その言葉を聞いてマジクの顔が不安顔から一気に笑顔になった。そして俺も決めた。これなら間違いなくスズも反対しない。

「シルさん、うちのパーティーに入らない？」

これが俺達『白獅子』の始まり。この時はまだ、シルのヤバさを理解しきれていなかったと今なら言える。まさか国最強とか言われるまで付与魔導で強化されるなんて誰も思わないもんねぇ。

✦✦✦

「じゃあシルの部屋はここな！」

二階にある空き部屋の鍵をスズさんから貰った。家具は一通り既にあるとのことだった。安宿なんかより余程綺麗な部屋。

「ありがとう、スズさん」

「スズでええよ！　一緒にやってく仲間、というか一緒に住む家族みたいなもんやし」

「家族……ですか？」

「そ、色々あってマジクを引き取った際にレオっちがこのパーティーハウスを買ったんやけどな。ウチらみんな実の親おらんし。まあウチは育った孤児院はあるんやけど似たようなもん。

なんでウチら家族感が強いっちゅーか」

「私も育ての親はいますけど、実の親はいません」

「なら尚更《なおさら》やな。うちのパーティーは家族。そういうもんやと思ったらええよ。これから宜しくな！」

「はい！　じゃなくてうん、宜しく……ね！　スズ！」

「そ、宜しく！」

スズの第一印象はスラッとしてカッコよくて人当たりも凄く良い人。それは間違ってなかったし、常に誰かのことを考えている優しい人だった。スズはパーティーとは別の裏の顔があり、そのせいでパーティーから抜けたい、と時々漏らす。でもパーティーから抜けても多分パーティーハウスからは出ていかないと思う。だってここはスズにとっても自分の家だから。

「えっと……」

「マジクちゃん、シルでいいよ」

「うん、シル。宜しくね！」

「宜しく！」

部屋に荷物を置いているとすぐにマジクちゃんが来てくれた。ソワソワしている。何か話したそうな雰囲気だったので聞いてみた。

「何か気になる?」

「うん、その……エルフ種ってなーに?」

少し不安そうにマジクちゃんが聞いてきた。

「えっとねぇ……」

何て言おうかな、と少し考える。今、魔族は亜人族の総称らしい。エルフ種が他の亜人族に戦争を仕掛け、亜人族を統一後ヒト族と戦争をし、魔族の王をヒトの勇者が倒し戦争は終わった、というのが百年程前の話。

「今は魔族って言われている亜人族の中で一番魔力が強かったのがエルフ種だって聞いたかな。魔族の王様もエルフ種だったたって」

「……エルフ種は悪い種族?」

「うーん、エルフ種が悪いんじゃなくて、亜人族で一番好戦的で強かったエルフがたまたま、……たまたまなのかな? ともかく魔族の王になったっていうか……。ほら、別にヒトだって色々な人がいるでしょ? 良いヒトも悪いヒトも。どの種族もそれは一緒だと思うんだ。つまり魔王は魔王。マジクちゃんはマジクちゃんってこと!」

「私は私……。うん、分かった。ありがと!」

私の言葉を聞いてマジクちゃんの顔はまた笑顔に戻った。「またあとでねー!」と部屋から飛び出して行ったマジクちゃんを見ながら、私にも妹が出来たみたいだと嬉しく思えた。

そして室内履きでパタパタと足音を立てながら小走りに出ていったマジクちゃんを見送ったら、扉は開いているにも拘わらず外から開いている扉をノックする音が聞こえた。

「はい？」

「あー、シルさん今大丈夫？」

「レオさん、大丈夫ですよ」

「じゃあお邪魔しますっと」

私の声を確認してからレオさんが顔を出して部屋に入ってきた。

「扉開いてたのに。それにここレオさんの家でしょ？」

「いやいや、そこは礼儀っていうかなんつーかね。パーティーの家だから最低限のマナーはある訳じゃない？　嫌な思いは出来るだけさせないっつーか」

「お気遣いありがとうございます」

「気にしないで。それと俺もさん付けじゃなくてレオで良いよ」

「うん、レオ宜しくね。私もシルで」

「おう。……マジクのことありがとな。魔族嫌いの人間が多くてマジクも苦労してるんだ」

「あんなに可愛いのに……」

「うん、今日からシルの妹でもある」

「えへへ、私妹欲しかったんですよねー」

「良かった。……うん、本当に良かった。シル、改めて宜しく」

「はい、こちらこそ宜しくお願いします」

Fragment 1　赤城おろし

我ら白獅子《しろじし》ハウスの扉がけたたましく叩《たた》かれる。

「なんや騒がしい」

「ねー」

しゃーないな、と居間のソファーから立ち上がり、後ろに束ねた黒髪を揺らしながら玄関へ向かったのはシーフのスズ。黒魔導の使い手マジクと共に、昨日王都から帰ってきた。昨日は二人に「スカウトきてるってマジ？」とは聞けていない。スズが仕方なしに玄関に向かう様子をマジクが同意しながら見送った。俺？　マジクを膝に乗せる仕事で忙しいから無理です。マジクを膝に乗せて一緒に絵を描くという大事な仕事をしているのです。マジクの感性を育てる大事なお仕事です。

「はいはーい、今出ますよーと」

「急にすみません！　ギルドから……」

いまギルドって聞こえた気がする。間違いないね。嫌な予感しかしない。玄関から戻ってきたスズはこっちを向いて仕方なさそうに言った。

「お仕事の時間やで。詳しくはギルドでって。ほら、みんな行くで」

スズがみんな、と言った。全員が必要だと言う。ああ、絶対面倒事に違いないと確信した。

冒険者ギルドに着くと直《す》ぐにギルド長室に通された。座れと言われ実務優先の質素な内装に相応《ふさわ》しくない、来賓用の無駄に豪華なソファーに座らされた俺達《たち》にギルド長は深刻な顔で告げた。

『赤城《あかぎ》おろし』が発生した」

『赤城おろし』。ふむ。

「なんだっけそれ」

「……知らぬか。まあ無理もない、前回発生したのは二十年も前の話。我らが都市タオの北にあるレッドサンズ山、そこに棲《す》むテントービートルは知っているな？」

テントービートル。てんとう虫みたいな見た目にカブト虫のツノ。昆虫系の魔物と呼べば分かりやすいだろうか。虫や動物と魔物の違いは魔力を保有しているかどうかで分けられているらしいが、あまり詳しくは知らない。ともかくテントービートルは体躯《たいく》が二メートル程あり、肉食であり、人も食べる。硬い外殻を持つが、かと言って飛んでいる所を下から魔導で狙っても対魔導障壁を下方に張る能力も併せ持つめちゃくちゃ厄介なモンスターである。あまり棲家《すみか》から動かないので会うことも少ないが。

「何度かギルド依頼で素材取りに行かされたしね」

そう、その外殻やツノは硬く、対魔導にも優秀な素材として重宝されている。なのでたまに取りに行かされるのだ。

「そのテントービートルが異常発生し、この都市タオに向かっている。見てみろ」

ギルド長が窓外のレッドサンズ山の方角を指差した。空が黄色に染まっていた。

「異常発生したテントービートルの羽ばたきで大地の砂が巻き上がり、空が黄色に染まる。これが災害、『赤城おろし』の合図だ。異常発生したテントービートルは飢えている。奴《やつ》らは都市の外壁を越え、住民を襲う。『白獅子』に『赤城おろし』の討伐依頼を出したい」

「……いや正直ヤバいのは分かったけど、街中の魔導師集めて、火魔導で誘導するなりの手は打ってないのか？」

テントービートルに魔導は効きにくい。が、虫系のモンスターは火で誘導させやすいのだから掻《か》き集めて都市から別の方角へ誘導すべきだ。空が染まる程の数がいるんだったら正直少数では無理筋すぎる。

「……実はな、隣国でバッタオージャが大量発生して火魔導が使える魔導師は全て出払っている。混乱を避ける為《ため》、他言無用で頼む」

「タイミング最悪かよ……」

前世でも未《いま》だ人々を悩ます農作物を食い荒らす最大規模数百億匹のバッタの集団。人を飢餓に陥れる天災。バッタオージャの大量発生はそれに近い。火を起こせば釣られやすく、更に火に弱いので発生初期に発生源を摑《つか》めれば作物が壊滅する前に処理出来る。というのも近隣各国でバッタオージャが大量発生した際は火魔導を扱える冒険者を纏《まと》めて派遣する協定が組まれているからだ。

「それに空を飛ぶテントービートルを狩れるのはお前達くらいだ」

「獅子に飛べとは無茶を言うね。依頼、受けたよ。報酬は弾めよギルド長」

「ああ、頼む」

◆◆◆

「大丈夫なのでしょうか」

一切やり取りに口を挟まなかったギルド長秘書が、『白獅子』が部屋から出てようやく口にした。テントービートルはただの甲虫型のモンスターではない。スキルで強化した剣技も、弓も魔法も全てに耐性がありすぎる。普段は大人しいのだが、災害『赤城おろし』の際は変貌し、人を襲い喰《く》らう。人だけではない。家も何もかも喰らう。『赤城おろし』が通過した街は荒野になるほど凶暴化するのだ。

「『白獅子』以外には止められまい。この街に『白獅子』がいた奇跡に感謝せねばな」

ギルド長は常駐兵では間違いなく止められないと判断する。テントービートルに通用するスキルは剣技なら戦士系でも上位スキルですら怪しい。スキルはそれぞれの系統の中で上位、中位、下位と三段階に分かれる。上位スキルを覚えられるのは戦士系スキルを使える者の中でも一割。上位まで覚えられる優秀な者は騎士団などに抱えられる為、冒険者をそのまま続ける者は少ない。

テントービートルが一体なら冒険者達でも、数体なら騎士団でも対処出来るだろうが。

「数百に及ぶテントービートル相手では騎士団でも無理だろう。そもそも王都に救援要請をした所で間に合わん。『赤城おろし』を止めることは『白獅子』しか出来ん」

「街の人々も『赤城おろし』に徐々に気付き始めています。兵士達が避難誘導を開始しています」

「避難した所で建物ごと喰らい尽くす災害『赤城おろし』の前では無意味だがな。『五龍《ごりゅう》』、その中でも『白獅子』か『黄龍《きりゅう》』しか対処出来まい」

「もし街中で不安から暴動が起こったらどうしますか？」

「言ってやれ。この街は『白獅子』が守ってるってな」

◆◆◆

街を囲む外壁正門前。

「よし、行くか！」

一人遅れてきたレオが大量の松明《たいまつ》を背負ってやってきた。

「テントービートルの誘導灯代わり……になるんそれ？」

「やらないよりマシだろ」

やったことないから分からないけどね、と肩を竦《すく》めるレオにそれもそうかと全員が頷《うなず》いた。

虫系だからバッタオージャみたいにいけねえかなあという希望的観測でしかない。

「せやな。……『鷹《たか》の目』で覗《のぞ》いた感じ、およそ数三百ってとこやな。前、『千年に一度の災厄』とやったあの場所がええんちゃう？」

「ちょうど北側だもんな」

『千年に一度の災厄』と呼ばれるモンスターと対峙《たいじ》した、都市タオの北側にある広場の地面に広げて組み上げたバカデカキャンプファイヤー。大きな火柱を見てなんとなく、やってやったわという謎の満足感がレオに生まれた。大仕事はこれからなのだが。

「よし、じゃあ作戦だな。まずシルがバフを俺に掛ける。俺が飛んでるテントービートルに飛び乗る。首に剣を突き刺す。次のテントービートルに飛び乗る。繰り返す。以上！　んでマジクは俺が落下したら地面を土魔導で柔らかくするなり宜《よろ》しく！　位置の把握等はスズに頼むわ！」

「りょーかい」

「頑張るよ！」

「バフは切らしません！」

「さて……来たか」

羽音が聞こえてきた。あーうるせーなと言いながらレオは片手に剣を、片手に使っていなかった松明を持ち火を付けた。

「ほな、ウチらは離れとこか」

「頑張れー！」

「お任せします！」

「おう、任された！　……よし！」

レオが羽音の音源の方角へ走る。広場周りの背の高い木へ跳躍、枝へ飛び乗りテントービートルの姿を確認。忍者の如《ごと》く木々を飛び移り、先頭のテントービートルの背に飛び乗った。いくら体軀がそこそこ大きいモンスターだとはいえ速度を出して空を飛ぶモンスターの背に向け躊躇《ちゅうちょ》なく飛び、当たり前のように着地した。

「おっと……流石《さすが》に！」

揺れる。いやテントービートルは振り落とそうと身体《からだ》を揺らす。

「お仕事始めましょう……ね！」

サクッと首を落とす。身体がグラつくと同時に隣のテントービートルに飛び移る。

「義経《よしつね》の八艘《はっそう》飛《と》び異世界版ってね！」

サクッと首を落とす。飛び移る。首を落とす。飛び移る。首を落とす。

高度もまばらな高速道路で次々と車の屋根を飛び移っているような難易度の移動を繰り返しながら数十のテントービートルは既に首を落とした。やがてキャンプファイヤーが置かれた広場まで来た集団は火を囲うように周りをグルグルと旋回し出した。

「ははっ！　効果あるね！　火魔導効きにくいからって試さないのは良くないねっと！」

風の魔導も使わず、空中を自在にレオは駆ける。

「すっごーい！」

空中を駆けるレオを見てマジクが感歎《かんたん》の声を上げ、面白い物を見るようなキラキラした目で釘付《くぎづ》けだ。シルとスズはむしろ呆《あき》れたような顔でレオを見ている。

「なあシル、レオに掛けとるバフって『身体強化』やんな？　新しく空飛ぶバフとか編み出して掛けとらんよな？」

「うん、正真正銘『身体強化』。風魔導みたいに空中移動みたいなことを出来るような付与魔導はないから……」

ちなみに風魔導での空中移動は速度が遅い。空を飛べると言えば聞こえは良《い》いが、ふわふわと浮かぶ、移動というより浮遊しゆったりと横移動する程度のものである。

「じゃあアレ、やっぱセンスだけでやっとるんよな……。ほんまレオっち、スキルがないだけなんよなぁ……」

「ですねえ……」

いくらシルの『身体強化』がずば抜けた性能であったとしても、いきなり高速で宙を駆けるモンスターの背を足場に戦うなど誰が思いつこうか。思いついたとして実行しようか。『身体強化』で落下ダメージを考慮しなくても良いかも知れないが、人間、恐怖は抜けるものではない。

「英雄やんなぁ……」

「そう、だね……」

全てのテントービートルの首を落とし終え、地上に着地したレオがこちらに笑顔で親指を立てて合図する。三人も合図を返すが、シルとスズはなんとなく浮かない顔だった。「ん？」とレオが二人に声を掛けようと思った時、歓声が上がった。

「「「「レーオ！　レーオ！　レーオ！　レーオ！」」」」

「とんでもない闘い方だったな！」

「スキルも使わずにテントービートルを倒すなんて凄《すご》い！」

いつの間にか街の外壁上から観戦していた街の人々が歓声とレオを讃《たた》える声を上げる。『千年に一度の厄災』を倒した広場は、街の外壁上から良く見える。レオは苦笑いしながら人々に手を振った。

「「「「レーオ！　レーオ！　レーオ！　レーオ！」」」」

「いつも仲間のお陰だって言ってんだけどなぁ……」

レオはボソッと呟《つぶや》くが、その声は歓声に掻き消された。

Chapter 2　『怪盗ルミナーレ』スズ

シルが師匠の所に行きたいというので一旦パーティーから離れることになった。辞める訳ではないので泣く泣く許可した。シルがいないと死ぬ可能性が宝くじの当選確率から一番くじを買い占めた時にラストワン賞を貰《もら》える確率くらいまで跳ね上がる気がするが、たまに何かを調整しなければいけないと言ってシルは師匠の下へ帰る。そしてその度にパワーアップして帰ってくるので諦めた。別にもう能力上げなくていいので一緒にいてほしい。

今は入れ違いで帰ってきたシーフのスズと二人で『白獅子《しろじし》』に依頼が来ていた新ダンジョンのマッピングやらをしつつ攻略中である。まあぶっちゃけ俺は後ろに付いて歩いているだけなのだが。

王都ブリジビフォアにある貴族専用ギルドからの依頼。この依頼のミソはダンジョン内の完全なマッピング、及び宝具やアイテムの確認、そして完全攻略『してはならない』ということである。

更に美味《おい》しいアイテムやお宝があっても手を出してはいけないというおまけ付きである。貴族パーティー様の為《ため》に残しておかなければならない。むしろそういった類のアイテムがなかった場合は、貴族ギルドから支給されたアイテムを設置して帰らなければならない。多少パクってもバレないだろうが信用はとても大事なのでやらない。

くそ面倒臭い。が、貴族専用ギルドは王族の絡みもあるのでやらざるを得ない。まあ実際やってるのはスズ一人なんだけど。

「ウチが貴族様の為にダンジョン攻略するのって皮肉効きすぎやない？」

貴族共の悪事を暴き、悪事で貯《た》めた金銭を奪い民にばら撒《ま》く『怪盗ルミナーレ』。それがスズの裏の顔だ。

「まあね。でもちょっと断りきれなかったから。スズがいてくれて助かるよ。……そういえばスズの引き抜きの話があるってシルが言ってたけど……まじ？」

「ああ、それ？　断ったわ」

セーフ！　スズがいなくなったらこんな面倒な任務二度と完遂出来ない。っていうかダンジョンの罠《わな》に掛かって何度死んでるか分からない。ぶっちゃけスズ以上のシーフなんて存在しないと思っている。戦闘が出来ないなんてデメリットにならないくらい探索スキルとその使い方が全人類一上手《うま》いと俺は思っている。戦闘に関しては相手の戦闘スキルに吸い寄せられるとかいうマイナススキルと、戦闘中に設置した罠は味方に掛かるとかいうマイナススキルと、アイテムを投げても明後日《あさって》の方向にしか飛ばないとかいうマイナススキル持ちなので大分アレだから参加しないでもらってるが。

「王都は久しぶりに帰ったけど『白獅子』、大層な人気みたいやで？」

「『怪盗ルミナーレ』には負けるだろ。勝つ気もないけど。ていうかスズだって『白獅子』じゃんか」

「……なあレオっち。やっぱりウチ、パーティー抜けるべきやと思うんやけど」

「いやいやいやいやなんで今の話の流れでそうなるの。スズがいないとうちのパーティー成り立たないんだって。あ、やっぱり引き抜き？　そうなの？」

スズの定期的発作、パーティー抜けたい病発動。いやほんと勘弁して。

「あほ。レオっち以外と組むならソロでやるわ。いや怪盗なんて言われてるけど、ウチぶっちゃけ犯罪者やん？　『民の英雄』『白獅子』のレオの隣にいていい訳ないと思うんよ。王都に帰って、酒場やらでレオの話で盛り上がってるの聞いて改めて思ったたって訳。『騎士団総掛かりでも手こずる災厄『赤城おろし』からたった一人で街を救った！　英雄に新たな伝説が加わった！』ってな。そりゃあ大盛り上がりやったで？」

「俺が良いって言ってるから良いじゃない。『民の英雄』？　いつも言ってるけど『白獅子』

みんなが凄《すご》いだけで俺じゃないんだって。それに正義の怪盗カッコいいじゃん。俺も平民だし貴族の悪事を暴くのは気持ち良い側だぞ。バレなきゃ平気だって」

「……もしバレたらレオの名声に傷が付くやんか。ウチのせいでそうなるのは嫌や」

「名声？　は、それこそどうでもいいね。そうだな、もし怪盗ルミナーレの正体がバレて引き渡せとか言われたら……マジクに魔導ブッパしてもらおう」

「いやいやそこは俺がなんとかしてやるとか言う所ちゃうん？」

「俺がマジクに頼み込む！　……知ってる？　マジクが最近新しく作った魔導。水を砂に変える魔導なんだぜ。範囲はなんと王都を囲めるくらい」

「うわ……えげつな。王都中の生活用水を全部砂に変えられるってこと？」

「いけるってマジクは言ってた」

「あの娘《こ》はほんま……でも暴発してえらいことになりそうやな」

「まあ……それはそう。……それにルミナーレだってこと、『白獅子』以外にはバレてないんだろ？」

「まあ……そうやけど」

ちなみに怪盗ルミナーレの正体を知ったのは本当に偶然である。

盗んだるわ！　っていう予告状を出された屋敷主である悪徳貴族から警備の依頼を嫌々受け

た俺は、というかギルドに依頼があってそのうちの一人として駆り出された俺は、一応持ち場で待機したと見せ掛けた後、こっそり屋敷の誰も見えなそうな場所で戦士の初期スキル、パリィの練習をひたすらしていた。

ほんとひたすらパリィの練習をしていた。

どうせ捕まえるの無理だし捕まえる気もなかったからである。それならスキル一個でも身につかんかなと訓練しているほうがマシだと思ったからだ。

いや任務だし金出るんだからちゃんとせいと言われればそれはそう。無理やり駆り出されたせいでやる気がなかったからしゃあない。一応持ち場近くではあるし。

とりあえずその時はパリィパリィパリィパリィパリィ！　と心で叫びながらひたすら剣を振っていた。

パン！　と乾いた音がした。

ん？　なんの音？　と、見ると完全な隠密《おんみつ》で気配をゼロにしていたスズが、偶然屋敷の屋根から目の前に飛び降りてきて、そんで俺のパリィによって身に着けていた顔上半分を隠していた狐面《きつねめん》が弾《はじ》き飛ばされたらしい。

これは相手の戦闘スキルに近付くと吸い込まれるように接近してしまうというスズのマイナススキルのせいらしい。いつもならその身体能力でなんとか相手の技を避け、急接近したのを逆に利用して不意を突くように離脱するらしいが、ただ弾く、というこのスキルとの相性は最悪だったとのこと。

……まあ相手がなんにもしてこないのにいきなりパリィする奴《やつ》なんて普通いないからな。

「ん？　男だと聞いてたのに美人さんだな」

「!?」

「……あれ？　もしかして孤児院で子供達《たち》の面倒見てた姉ちゃんか？」

「!?!?」

「……行きなよ。俺、裏手でサボってる駄目雇われ平民ギルドマン。ここで暴れたら俺がサボってたのバレるだろ？　ほら仮面返すから」

とかなんとか会話をしつつ、その日も無事、怪盗ルミナーレは仕事を完遂。怪盗ルミナーレに完遂されるということはその貴族の悪事が暴かれるということであり、そしていつものことでもあるので無理やり警備に引っ張りだされたギルドマンにいちいちお咎《とが》めもないので任務失敗という結果と少ない金だけ貰って任務は終了。

任務が終わったので面倒事になる前にさっさと王都から離れようと思ったのにわざわざスズのほうから俺に接触してきて、なんやかんやあってたまに組むことになったのだ。その時は今みたいに固定メンバーではなかった。俺に固定のパーティーメンバーが出来たことを知ってスズも加入してくれたのだ。やっぱ他に女性メンバーがいると安心出来るってことだろう。

「……でもなあ」

「スズ、俺『白』なんてどうでもいいんだから」

「『五龍《ごりゅう》』の称号をどうでもいいなんて言うのレオっちだけや。歴代の『五龍』は全員国の歴史に名を刻んでるの知らんの？」

「いや俺王都の教育受けてないからそんなの知らないし。俺には過分にすぎるし」

「何言うとるん。『五龍』最強の聖騎士、王国騎士団団長『黄龍《きりゅう》』ロサリアと御前試合やって引き分けた男が」

「いやアレはスズも知ってるだろ。シルのバフが凄すぎただけだし。それに引き分けじゃなくて負けだし」

無理やり王国に引っ張り出されて組まされた試合。俺が本物か確かめる為の試合。いや死にたくないと思ってシルにバフを掛けてもらったものの、ロサリアさんが強すぎて防戦一方でバフが切れて剣が折れ、降参した無残な試合である。

尚《なお》、結果としてその辺の武具屋で安売りされてた量産型の剣で伝説らしい聖剣を持つ聖騎士様の聖剣技を、戦士の初期スキルパリィのみで技を全部防いだことで驚愕《きょうがく》された上、剣が耐久限界を超え折れたので降参宣言したら「私を立てる為にこのようなナマクラで、しかも実力を隠したまま無傷で……王よ。この試合、私の負けです」と何故《なぜ》かロサリアさんまで敗北宣言をしたので引き分けになったのである。

相手の剣を折ったので勝ったでええやんけ。

安物？　シルが入ればどんな剣でも聖剣に生まれ変わるんだもん剣なんてなんでもええわ。

パリィしか使わなかったって？　パリィしか使えなかっただけなんだよな。

シルには私のせいでレオが負けたとか言われて泣かれて大変だったんだから。いやシルがいなかったら勝負にもなってないわ。

「……ていうか、シルおったらさ、ウチ、いらんよね？　ダンジョンの罠だってなんだって、シルおったらノーダメでいけるんちゃう？」

「いや無理だろ。シル自身が罠に掛かったら、シルが驚いて集中切れて魔導解けて全滅するわ」

「せやったら、レオっちにウチが必要なん？」

「必要不可欠。証明に全裸で街を逆立ちで一周して来いって言われたら喜んでやってくるレベル」

「いや英雄様がそんなことしたら洒落《しゃれ》にならん呪術師が現れたって国がパニックになるわ。……まあ、その、なんや。気持ちは分かったわ」

「辞めないでくれよ？」

「せやな。レオっちがいてくれって言うならしゃーないわ」

「じゃあずっと一緒だな！」

「ほんまそういうとこ……」

「なんか言った？」

「言ってへんよー」

◆◆◆

ウチは何故か女性にモテた。

背がそこそこ高く顔が中性的で胸がないので、男性的な格好が似合うとかなんとか。

「今日は付き合ってくれてありがとう」

「ウチも楽しかったしかまへんよ」

着飾った貴族のお嬢様とのデートの相手役を頼まれた。ウチの貴重な情報源の一つ。貴族のお茶会で楽しく話される噂話《うわさばなし》は、外に漏れるべきじゃない内容ばっかやと思うけど、そんなん関係なしに喋《しゃべ》ってくれる。

デートの際の服装でスーツやらなんやら着せられてキャーキャー言われるのはちょい嫌やけ

ど、色々考えたらお釣りが来るわな。

「エスコートが上手になってきたわね」

「散々しこまれたからなあ」

デートの際のウチの立ち振る舞いは、まあ色んな貴族令嬢様方に仕込まれたっちゅーか。今のデート相手のお嬢様から話を聞いた他のお嬢様方が、話を聞いて面白がってウチを連れ回して。デート作法を自分好みに叩《たた》き込んで。お陰で女性の口説き方を覚えてしもうた。

「ふふ、またね。次に会えるのを楽しみにしてるわ」

そう言うお嬢様の手を取り手の甲に軽く口付けをした。……うん、なんか自然にやってまうんよ。機嫌良さそうに馬車に乗り込み去って行くのを、角を曲がり姿が見えなくなるまで手を振りながら見送り、振り返って歩き出したうちの顔は張り付いた笑顔がようやく落ちてどっと疲れが出てくる。

その時のデートでは興味深い噂も聞けた。

「んー……、『聖女』様と、そのお気に入りだった冒険者の二人組パーティーがようやく解散した。冒険者のほうがフラれたみたい。『聖女』様のお遊びは終わったようだ、ね」

『聖女』様お気に入りの冒険者。レオ。

初め聞いた時なんの冗談かと思った。だって『聖女』様やで？　貴族のお嬢様達の憧れ、『黄龍』ロサリアの想《おも》い人《びと》とかいう話。そやけど今まで浮いた話なんてなくロサリア様やら以外とは距離を取っていたと聞く『聖女』様にお気に入りの冒険者が現れたらしいっちゅー話は、お茶会でそれはそれは華を咲かせたらしい。ほえー、まあそういうお年頃なんやろくらいに思うとったらよくよく話を聞いたら相手がレオとしか思えんくて、いやいやありえんてと気付いたら王都からタオまで足を延ばして二人を見つけて、事実なのを知って更に混乱してもうた。

「やっほーレオっち」

「あれスズじゃん」

ウチとレオっちはたまに組んでた。うん、正直に言う。ウチはレオっちを好ましく思うとった。まあそれが恋愛とかそういう感情かはまだよう分からんかったけど、初めて会ったあの時から、かな。ウチチョロいな。

「レオっち『聖女』様と固定組んだん？　ウチ差し置いてひどいわ」

別にひどくない。たまにしか組んでないし、固定でもない。レオっちが誰と組もうがレオっちの自由。

「いや固定じゃないけど？」

「ふーん、でも『聖女』様と組めて嬉《うれ》しいんちゃう？」

『聖女』様は女のウチから見てもとびきり可愛《かわい》い。ウチと違って女らしくて可愛い。ウチと違って男が好きらしい色んなとこも大きい。……鼻の下伸ばしとるレオっちは嫌やなあ。

「いやなんでかしょっちゅう指名されて組まされてるけど結構面倒なんだって。色んな奴に絡まれるし」

「指名されて？　組まされてる？」

「そうそう。なんでかこの街に長期滞在しててさ。ギルドやら教会やらから根回しされて仕事が回ってくるんだよ。まあ仕事には困らなくてそこは良《い》いんだけど、堅っ苦しいのはちょっとなあ……。スズといるほうがよっぽど気楽」

「へえ」

『聖女』様のお気に入りやっちゅー噂、本当みたいやなと思った。面倒そうなレオっちには笑いそうになったけど。『聖女』様と一緒に活動なんて誰もが羨む状況やろうにこの態度、ウケる。ま、こんな感じやから『聖女』様も安心して組めるっちゅーことやろか。あの美貌にも色気にも一切靡《なび》かんの強者《つわもの》すぎひん？　……性欲あるんやろうか？　しかしこの様子やったらレオっちはしばらく『聖女』様以外とは組めなそうやなって。

「いつまで『聖女』様と組むん？」

「……分からん。何も聞いてない。ずっと色々な街を廻《まわ》ってるって話だし、クルスさんがこの街を出るまでかな？」

クルスさん、と言った。『聖女』様を名で呼んだ。

『聖女』様を名で呼ぶのは、畏れ多くて呼べないっちゅーのが大半。そして近しい人以外には呼ばせない、が大きな理由やったような。

「随分仲ええみたいやん？」

あーこんな言い方する気なかったのに。嫉妬しとるみたいやんカッコ悪。

「いや呼べって強制されてるし」

「ふーん、へー、ほー」

「そんな、強制してるからだなんて寂しいです、レオさん」

「――ッ!?」

なんも気配感じんかった!?　ウチが!?　うそやろ!?

「レオさん、その方は？」

「スズ、マブダチ」

驚愕しとるウチを他所《よそ》に『聖女』様にウチを紹介するレオっち。おーおー良い笑顔でサムズアップしとるわ。

「では私は？」

「……知り合い？」

「ええ!?」

ウケる。『聖女』様に対する扱い雑。でもなんとなく嬉しそうな『聖女』様。……なるほど？なるほどなるほど。

「意外と残念なんやな、『聖女』様」

「ええ!?」

やっぱちょっと嬉しそうやん。

「あー、『聖女』様？　レオっち、ちょいアホやから色々大変やと思うけど宜《よろ》しくな？」

「大変……そう、大変なんですよ。この前なんてモンスターの大群に一人で突っ込んでいって首も腕ももげちゃったんですよ？　すぐ繋《つな》げましたけど」

「は？　……はあ？　レオっち、正座」

「いやスズ、ここ地面硬いし……」

「正座」

「……はい」

この後めちゃくちゃ説教した。あと何故か『聖女』、クルス様と友達になった。

そんなことがあったりして、まあ大丈夫かと王都へ戻って相変わらず『怪盗ルミナーレ』の仕事をこなしていたある日。路地裏にあるぼろぼろな屋台の青果商に立ち寄って芋を一つ頼む。この芋高いんよ。なんせ青果商が色々な情報をオマケに付けてくれる芋やから。

「……そうそう、一つ面白い話があったな」

「なんやそれは、高いんかおっちゃん？」

「いや、いつも稼がせてくれるスズにサービスだ。タダにしてやる」

「はー、ガメツイおっちゃんにしては珍しいやん。ほんで？」

『聖女』様がタオを離れなさったそうだ」

「へぇ……、滞在長かったやん」

「なんでもお気に入りと喧嘩《けんか》した様子だとか」

「ふーん？」

「それと、そのお気に入りがなんでも別の女を連れて一緒に住む家を買ったとかなんとか」

「おっちゃん釣りはいらんとっとけ！」

手持ちの金貨入りの袋（その辺の家なら買い取れる額）をドサッとぼろぼろな屋台がギシギシときしみ壊れそうな勢いで叩きつけてウチは急いでタオへ向かうことにした。喧嘩って女かいな。レオっちが？　ウソやろ。でもあの『聖女』様と喧嘩するなんて確かに理由が思いつかんし。後ろから「まいどありー」と声を上げたおっちゃんに「うっさいわボケ！」と返してウチは走り出したのだった。

◆◆◆

「レオっち！」

「ん？」

マジクを引き取り、新居として買ったパーティーハウスの扉が乱雑に開かれた。肩で息をして焦り顔のスズがそこにいた。

「あれ、スズか。どうした？　そんなに焦って珍しい」

俺がそう言うとスズが怖い顔で俺に近付いて肩をガシッと摑《つか》んだ。

「若い女捕まえて家買うたって!?」

「ん？　ああ、確かに間違ってはない、かな？」

多分十歳くらいのマジクを引き取って新居を買った。

うん、間違ってない。

「何処《どこ》の女に騙《だま》されたん!?」

前後にめっちゃ揺らすのやめてスズ、そんなに俺を揺らすと顔と顔がくっついちゃうって。

接触寸前まで顔と顔が近付いて「まだ駄目！」と今度は壁に叩きつけられた俺。めっちゃ理不尽。

「いったた……」

「レオ、どうしたの……？」

そんな騒ぎを聞きつけて二階からマジクが下りてきた。

マジクを見てスズは言った。

「レオっち。犯罪や。それはあかん」

「お前なんか勘違いしてるだろ」

俺を無視してスズはマジクの前に立ち目線をマジクに合わせる為に屈《かが》んだ。マジクが外套《がいとう》を纏《まと》いフードを被《かぶ》っていて顔が見えなかったからだろう。そして顔を覗《のぞ》き込んだことでマジクの長耳に気付いてしまったみたいだ。スズが一瞬だけ目を細めた。

「スズ」

「よう頑張ったなあ」

俺が一言言う前に、スズがマジクを引き寄せて抱き締めた。マジクは慌てて混乱している。

フードも脱げたがスズはお構いなしに頭を撫《な》でた。

スズがマジクを離して改めてマジクと顔を合わせる。

「ウチはスズ。名前は？」

「……マジク」

「マジクか。ええ名前やん」

マジクに満面の笑みを浮かべてひと撫でして立ち上がり、改めて俺にスズが向かい合った。

「この子の為に家買うたん？」

「宿じゃ色々と不便でね」

それだけ言うとスズは察してくれたようだ。マジクの長耳を見て嫌な顔をしない人間はあまりいなかった。嫌な顔、だけならまだ良いが幼いマジクに暴言を吐く人間もいる。流石《さすが》に暴力までは振るってこないが、いつかそういう奴が現れてもおかしくはないと思った。

だからスズの反応は意外だった。

マジクも未《いま》だ混乱している。

「でもレオっち、子供の世話なんて出来るん？」

「飯食わせたりくらいなら出来るけどね」

「んー……」

スズが少し考え事を始めた。

「この家空き部屋あるん？」

「たくさんあるよ」

「じゃあ一部屋もろてええ？　子供の世話めっちゃ得意やでウチ。孤児院いた時、下の子らの面倒めっちゃ見てたからな」

「いや、……いいのか？」

「ええよええよ。ちょっとな、思い出してん。……ウチら孤児院の子って近所の大人から嫌われててな。まあ金ないから泥棒するとか思われてたんやろうけど。ウチらだーれもそんなことせーへんかったのにやで？」

「それは、うん、なるほどね」

「そっ。そういや家買う金よう持っとったな」

「色々希少そうなアイテムを売らずに溜《た》めてたからなんとか、ね」

「ま、ウチと一緒ならすぐ取り返せるやろ」

「スズ、冒険者はやらないって言ってなかったか？」

「一緒におるならパーティー組むほうが自然やろ？」

「それはそうだけど」

「まあその間はこの子留守番になってまうけど」

「マジクもクエストに連れて行くぞ？」

「はあ？　こないちっちゃい子連れて行く気？　正気？」

「いや……マジク、とんでもなく強いからな」

「へ？」

スズがマジクを見るとマジクが親指を立てて答えた。

「私、強い。レオもスズも守ってあげる」

「そうそう、俺より全然強いから」

「……ほんまに？」

後日、共に行動したスズはマジクのとんでもない能力を知ることになる。それでもスズのマジクに対する接し方は変わらなかった。

Chapter 3 『黒魔導師』マジク

「レオ、やっぱり私パーティー辞める……」

今目の前に広がる惨状。

ギルドの依頼で盗賊団のアジトに行って全員捕縛してほしいとかいう、それ冒険者の仕事じゃなくない？　っていうものである。

スズが探索じゃないなら近くまで行ったら待機してるわと離れ、私がやると張り切ったマジクが初期魔導を詠唱。山が吹き飛んだという事態である。初期魔導とは一体……。うん、そうだね。今日もマジクは可愛いなあ……（現実逃避）。

「……前より手加減出来るようになって偉い！」

「でも……その……」

「相手はゴミなので問題なし！　盗賊がネグラにしていたせいで他に人間が近寄らなかったので問題なし！　マジクは可愛《かわい》いからヨシ！」

現場猫並みの判断力によって今日もウチのパーティーは平和である。尚《なお》、吹き飛んだ山はマジクが再び成形したので元通りである。捕縛に関してはマジクが魔導で発掘した盗賊だったものを一応ギルドに提出した。


ヒトと魔族のミックスルーツ。

ヒトからも魔族からも嫌われ、捨てられた所を竜神王に拾われ育てられた。恐らくこの世の中のキングオブチート。耳がピンッと立っていて俗に言うエルフ耳可愛い。それがマジクである。

……竜神王って何者かと思って他力本願で調べた所、神みたいな存在と王立図書館で記載されている文献を見たことがあると、いつもの奇跡の『聖女』様から聞いた。博識で助かる。

もう組みたくはないけど。

定期的に接触してくるのやめて怖いから。

まあそんな育ちだから、常識は欠落しがちだし「私また何かやっちゃった……？」的なことも多々あるが、小首を傾《かし》げる仕草が可愛いのでよし（現実逃避二度目）。

マジクは定期的に竜神王の所に帰って近況報告をしたりしている。

だから神の使いとも言えると思うし、単にお爺《じい》ちゃん大好きっ娘《こ》とも言う。そして竜神王も彼女のことを溺愛している。

……正直、マジクの報告次第では人類が滅びそうな気がしないでもないが、マジクが本気で魔導ぶっぱすれば国を滅ぼすなんて余裕そうなので、どのみち結果は一緒だからいいよね（現実逃避三度目）。

実は一度マジクに連れられて竜神王に会ったことがある。

……ヤバかったなあ。

見ただけで「あ、神様やん」って認識しちゃったというか。

竜神王からも「この世界の者ではないな？」とか言われたし。

魂の色が違うとかなんとか。

知らんがな。

わい神様転生とかじゃないねん。チートも貰《もら》った記憶ないねん。気付いたらなんか前世の記憶あったくらいやねん。

マジクはそれを知って「……レオも一人ぼっちなの？」と俺に親近感が湧いたみたい。まあ十歳の時に両親死んで兄弟もいないから仕方なく冒険者になった身なので、マジもんのぼっちではあったんですけどね！

スラムに身を寄せるかマジで迷ったけど、どうせなら冒険者やるかって苦行を選択したが、それが今に繋《つな》がってるなら良い選択だったんだと思う。多分。きっと。メイビー。

マジクとの出会いはギルドの依頼。

東の砂漠に城が現れたから調査してほしいと、ギルドの室長室に呼ばれて内密に依頼された案件だ。城が現れたって何？　って聞いたけど状況が分からない上に調査に出した人間が軒並み行方不明になっているとか言われたので、やりませんとハッキリ断ったのに無理やり行かされた。なんで？

まだ固定パーティーもなかった時だ。奇跡の『聖女』クルスさんも街に滞在していたので彼女にも頼んでくれとギルド長に頼み、何故《なぜ》か向こう側からの依頼で俺とは既に何度か組んでいたのでかは分からないが、快く引き受けてくれた。

やっと頼ってくれましたねとか言われたけどなんで君は俺と組みたがるの？　貴女《あなた》教会所属なのに問題にならないの？　そんなにゾンビアタックやりたいの？

「久しぶりですね、レオさんと組むの」

いやだってクルスさん、ぶっちゃけ胸がデカすぎて見ないようにするの大変なんだもん。俺クルスさんと会話する時、胸見ないように必死に眼《め》だけを見てるの分かってくれよ。服装が性的すぎるねん貴女ほんんと。

まあそんなこんなで砂漠にやってきた俺とクルスさんは本当に砂漠の真ん中に城が建っていて驚いた。

中に入って調査するべきか。いや調査しなきゃ駄目なんだろうけどみんな行方不明になっている場所に入りたくない。

普通の冒険者ならとりあえず中に入る選択をするのに慎重ですよねとクルスさんに言われるが無視。そういうところ良いと思いますとか言われてるけど無視。

とりあえず近付いて外周の確認をする了承をクルスさんに得て、城の外壁に触れる。違和感。この外壁、岩じゃなくて砂、いや土？　色が付いてはいるけど質感がなんかおかしいとペタペタ触っていると、外壁から突然無数のドリル状の突起が現れて俺を貫いた。

いや比喩じゃなく貫いた。でもクルスさんと一緒だから回復が間に合って死なないんだなコレが。死ぬほど痛いけど。クルスさん痛覚もどうにかしてくれません？　服は穴だらけでボロボロになった。だけど死ななかっただけマシか。


「なんで死んでないの？」

これまた突然城の外壁の上に現れた、裸の少女は無機質な視線をこちらに向けた。「魔族!?」と臨戦態勢に入るクルスさん。ヒト側からは魔族は近年激レアな存在として、そして悪であると認識されている。百年程前、一方的に戦争を仕掛けられ蹂躙《じゅうりん》された過去があるのでその認識はどうしようもない。

とにかく俺氏は考える。仮にこの城が彼女の手によるものだとして。さっきのドリル状の突起も彼女の手によるものだとして。

……城を精製出来て形状の部分変更も思いのままとかヤバくない？

まあ俺を殺しかけたのは、超常の存在の土俵に不用意に入り込んだのが悪い気がしないでもないし、死んでないから勉強代みたいなもんかといっその事、開き直って俺は持っていた剣を投げ捨てた。我ながら判断が早いね。

「レオさん!?」

そんな俺を見て驚くクルスさん。まあそれはそう。クルスさんのほうがこの場では完全に常識人。普段の格好は常識外れだけどね。

「おーい、砂漠で裸だと暑くないか？　服着ないのか？」

とりあえず呼び掛けてみる。さっき言葉を発していたからきっと通じる筈《はず》。意思の疎通をする気があるかはまた別だけど。

「……服って何？」

「服っていうのは……そうだな、俺や隣の美人さんが纏《まと》ってる布のことかな」

着ている服の裾を持ってヒラヒラと揺らしてアピールしてみる。まあ穴だらけでボロボロなんですけどね！　そういや何もしてないのに穴空いてて何故かお揃《そろ》いだねクルスさん（やけくそ）。

「……こんな感じ？」

そう言うと彼女の周りに砂が吹き、クルスさんと同じ服を身に纏った。

え、今の何？

魔導なの？

無詠唱で？

……俺の仮説、もしかしなくても当たってないこれ？　横のクルスさんも驚愕《きょうがく》してるがな。

「……それで、なんで死んでないの？」

俺の言葉に答えたから、こちらの問いにも答えろとの意思が伝わってくる。

なんでって言われても隣の人がとんでもないからなあ。

「白魔導とは、ヒトを救う為《ため》にあるのです」

俺が答えに迷っていると、代わりにクルスさんが答えた。

「いやクルスさんの場合は加虐も入ってると思うわ俺」

「……レオさん？」

「しまったつい本音が」

「……私にそういうことを言うの、レオさんだけですよ？」

「いやほんとごめんなさい」

ニッコリ笑うクルスさんに恐怖する俺。その様子を見て外壁上の少女はクスリと笑った。

「なんだ笑えるんじゃん。こっち来なよ。飴《あめ》ちゃんをあげよう」

意外と可愛い顔をすると思った。

「……飴ちゃんって何？」

「甘くて美味《おい》しい、舐《な》めて楽しむ食べ物だ。……クルスさん、こっそり白魔導最高攻撃魔導の詠唱するのやめてくれる？」

「気付いていましたか……。しかし相手は」

「ぶっちゃけるけど、多分効かないよ。レベルがっていうか、世界が違うでしょ。分かって抵抗しようとしてるんだろうけど」

「……白魔導師というのは魔族とは相容《あいい》れないものです」

「教会の教えでしょ？　聞いてるけどここは任せて。失敗して死んだら宜《よろ》しく」

「……分かってます。レオさんは死なせません」

クルスさんは一切警戒を解かない。白魔導師がっていうより教会がって感じなんだろうな。

そういう教えを受けて育ってきたんだろうからその対応は当然だろうし、この辺りはむしろ無知な俺がおかしいんだろう。

でも不思議そうにこちらを眺めている少女が敵にはどうしても見えなかった。ただそれだけなんだ。

「少し話さない？」

そう少女に問い掛けた俺に、クルスさんは複雑な顔をしていた。

俺を殺しかけた少女の名はマジク。

膨大な魔力で砂漠に城を建てた少女。何故そこにいたのか聞いたら「育ての親に人の世界を見てくるよう言われたが、暑かったので涼む場所が欲しかった」と。本当にそれだけだったようだ。自動迎撃システムみたいなのまで備わっていたんだけどと聞けば、砂漠のモンスターが襲ってくるので迎撃用とのこと。おそらくマジクの凄《すさ》まじい魔力に当てられて活性化したモンスターが暴れ、それを餌にする為に砂漠最大のモンスター地獄蟻《じごくあり》がこの近辺に移動してきていたようだ。

地獄蟻は、まあ言ってしまえば体長三メートル程あるアリジゴクのようなモンスターで、人もモンスターも呑《の》み込んで食べる超肉食獣である。

城の調査に来ていた冒険者はこれにやられたらしい。

マジクの城の迎撃システムのようなものにやられたのは俺だけのようだ。その地獄蟻はマジクも狙ってきたらしく、「もういないよ。消したから」とのこと。消した、か。

「じゃあ俺と一緒に街に行く？」

「……いいの？」

「レオさん！」

クルスさんから非難される。

うん、分かってた。でもこんな所に一人置いていけないじゃない。彼女に罪はないとクルスさんも納得しながらも、この後、教会育ちの『聖女』様とは少し疎遠になる。いやむしろそんな育ちなのに納得してくれただけクルスさんの懐の深さは凄《すご》いと思う。

一度街に戻りマジクに服を買い、街で食事をし、宿を取り、マジクが人並みの生活というものを初めて体験し、その全てに驚き、その反応を可愛いと思いながら眺め、再び砂漠に戻った。

もう城はいらないやとマジクが手をかざすと城が一瞬で消滅した。その後歩きづらいからここもいいやと地面に手をかざすと、砂漠が消え草原が広がった。

広大な砂漠が一瞬で消えたのである。いやマジかよと思いマジクを見るが涼しい顔をしている。まさか今ので消耗してないいん？

起きたことが超常すぎて、考えても分からないからいいかと思考を放棄し、ギルドには城と砂漠が消えて草原になりました。なんでかは分かりませんと報告。ギルドも超常現象すぎて頭を悩ませていたが、理解の範疇《はんちゆう》を遥《はる》かに超えているので事実のみを受け入れるしかないということになった。

その後は色々あった。

俺の認識が甘かった。

魔族が忌み嫌われているということ。それは教養のない田舎であれば、変わった耳の少女だなくらいで済んだ。

だけど、その特徴的な耳は都市部では迫害の対象となる。

マジクには申し訳ないが街中では外套《がいとう》のフードを被《かぶ》ってもらうことになった。

それはマジクがヒトの生活に慣れ、ヒト並みということを覚える度にマジクの中で疑問が拡《ひろ》がっていった。

「なんで嫌われるの？」

そう言われた時、ごめんと謝ることしか出来なかった。自分の無知と力のなさがこの時ばかりは恨めしかった。

「私のせいでごめんなさい」

マジクからそう言われたこともある。

マジクのせいじゃない。

それはもう言わないでくれと言われる度に言った気がする。


白魔導師の変わり者、山の中で伝説の魔導師とかいうヒトに育てられた人間で世間知らずだったシルは、白魔導師でありながらマジクと初めから仲良くなった。

俺達《たち》の中で一番の常識人シーフのスズも、孤児院育ちでたくさんの子供達の面倒を見ているだけあってマジクのことを妹のように可愛がった。

時間が経《た》ち、マジクが言った。

「ヒトとはどういうものか。どういう世界なのか。体験してきなさいとお爺ちゃんに言われたの。だから報告しなきゃいけないの」

ほえー。魔族のお爺ちゃんかな？

いやマジク一人を放り出すとか最低やな説教してやるから付いていくわと意気揚々と付いて行った結果、神様に出会うとか誰が思うだろうか。

いや説教はしたけど。

神の気配にちょっと気圧《けお》されたけど「一人で砂漠にいるとか可哀想《かわいそう》だろうが！　マジクの気持ち考えろや！」とか言った気がする。その後、マジクと竜神王だけで話をして、またマジクが戻ってくることになった。

正直もう戻ってこないかもと思っていた。

まあでも定期的に問題を起こしながらパーティーを辞めたがるのはいつものことなんだけどね！

◆
◆
◆

砂漠で一人、乾いた風を浴びていた。

しんりゅーじーちゃんに世界を見てきなさいと言われたは良いものの、何処《どこ》に行って何をすればいいか分からない。しんりゅーじーちゃんを慕う赤いドラゴンに人の領土のほうまで送ってもらい適当な所で赤いドラゴンの背から飛び降りたはいいものの、降りる場所が悪すぎた。

砂しかない。

見渡す限り砂。

暑い。

涼む場所が欲しかった。しんりゅーじーちゃんが何処からか集めていた本で読んだ、城というものを砂で作ってみた。うん。とりあえず住める。

食事はどうしようかな。大気から魔力を集めて吸収すれば食事は取らなくても大丈夫なんだけど、出来れば美味しいものが食べたいな。

そんな感じでなんとなく数日その場で過ごしていた。

ここはモンスターも多い。こちらを見て逃げるモンスターもいれば生物がいるというだけで反応し襲ってくるモンスターもいる。いちいち対処するのも面倒なので作った城に、触れた相手を突き刺す機能を追加。殺したモンスターの死骸を大きなモンスターが食べていた。こちらに来ない限り放置。

そのうち私に形が近い、四肢を持つ二足歩行の生物が来るようになった。おそらく人間だ。観察。

人間はあまり強くない？　いや個体差が大きいようだ。やってきた人間はいくつかのモンスターを倒してもあの大きなモンスターの罠《わな》に掛かってしまっている。観察の邪魔なので大きなモンスターを砂に沈め圧殺。

そして来たのがレオとクルスさん。

私の姿を見て明らかな敵意を見せたクルスさん。その時は何故か分からなかった。対照的に私と対話しようとしたのがレオ。

クルスさんは強い。この世界で出会った人間の中ではっきり強いと思ったのはロサリアさんとクルスさんの二人。二人は人間の枠を超えていると思う。しんりゅーじーちゃんが言うにはこういう人間が現れる時は逆に……今はその話は良いか。

レオ。

弱いけど強い人。

能力的には間違いなく弱いほうの人。でも何故か強い人。私のお兄ちゃんになると言ってくれた人。

この世界の人間は魔族を嫌う。それを知ったのはレオと共に街に入ってから。クルスさんが初めは私を敵視したのも同じ理由。昔、人と魔族は戦争をしたらしい。それも魔族側の一方的な理由で。強い魔力を持つ魔族はひどいことをしたようだ。それが未《いま》だに魔族が嫌われている理由。

私の長耳を見るだけで私に聞こえるように罵声が飛ぶ。私が何かしただろうか。私は人間の敵なんだろうか。敵なら倒さなきゃいけないのかな。

悲しさと苦しさと……少しの嫌悪。

レオが私に謝った。レオは何も悪くないのに。

だから私は我慢した。きっと私が人間を傷付けたらレオが悲しむから。

レオと話して、私は外では外套を纏いフードを被ることになった。私はもちろん受け入れた。

私に罵声が飛ぶとレオが傷付くから。

私がしんりゅーじーちゃんに会いに戻ると言うとレオが付いてくると言った。しんりゅーじーちゃんが住んでいる場所は神域という場所でしんりゅーじーちゃんの許可、もしくは私の許可がないと入るどころか認識が出来ない場所だが、私がレオを拒絶する理由はなかった。

そしてしんりゅーじーちゃんとレオが会った。

レオの足は少し震えていた。仕方ない。しんりゅーじーちゃんはデカい。とにかくデカい。さらに神気で威圧したから、むしろ普通の人間でしかないレオが耐えたのが奇跡。私はしんりゅーじーちゃんを睨《にら》んだ。それに気付いたしんりゅーじーちゃんは少し笑った。

その後だ。

なんとレオがしんりゅーじーちゃんを怒鳴った。私の為に怒った。レオより強い私の為に、私より遥かに強いじーちゃんに怒った。あんな場所で一人で可哀想とか言ってた気がする。うん、あの場所に一人でいたのは本当に偶然でじーちゃんは関係なかったんだけどね。

少し呆気《あっけ》に取られた後、じーちゃんは爆笑した。こんなに腹の底から笑ったのはいつ振りか分からないと言った。

じーちゃんが褒美をやろうかと言った。

『力』が欲しいのなら『勇者』にしてやろうかと言った。

じーちゃんがレオを試したのだ。私は本気で怒りそうになった。

じーちゃんから聞いた話、世界の根幹にあるシステムと呼ばれるものが二つ。一つが『災厄と聖女』、もう一つが『勇者と魔王』。

じーちゃん曰《いわ》く、特殊な生まれながら『魔王』として生まれたらしいのが私。ただし覚醒というものをしていないので、まだ、ただの人間と魔族のミックスルーツ。『勇者』が覚醒すれば強制的に私は『魔王』に目覚める。もしくは私が『魔王』に目覚めれば強制的に『勇者』は覚醒するらしい。すでに世界の『災厄』に発生の予兆があり、歴代最高の『聖女』が覚醒しているように。

じーちゃんは世界に飽きたらしく、私が『魔王』として動くのなら私の味方になってくれると言った。つまりレオが『勇者』になってしまったら私とじーちゃんの敵になる。

嫌だ。絶対に嫌だ。私の敵意に気付いているのにじーちゃんは無視した。私が声を上げる前にレオは言った。

「いらん」

「何故だ？　心の底から欲しているのだろう？　何故か己の身に一切付かぬスキルや力を」

「なんだか分からんが、マジクを悲しませる奴《やつ》の話なんか聞く訳あるか！」

じーちゃんの言葉には『魅了』や『誘惑』といった力が乗っていた。でもレオはそんな理由でその力を弾《はじ》き飛ばした。

だから私はレオの前に立った。

私はレオを守ろうとこの時に決めた。

そんな私達を見て、じーちゃんはまた笑った。神気を霧散させて、いつものじーちゃんに戻って笑ってくれた。レオに私を頼むと言って本当に力をあげようとしていたけど、レオは普通に断った。

そんなやり取りの後くらいに、レオが家を買った。宿暮らしでは他人とどうしても接触があるからだ。

レオと暮らし始めてすぐ、スズがやって来た。

私を見ても嫌な視線も感情もなかった二人目の人。スズが私のお姉ちゃんになってくれた。

人間の家族が出来た。

楽しかった。本当に楽しかった。

三人でパーティーを組んだ。レオが『獅子《しし》』と名付けたパーティー。

レオの前だとどうしても張り切っちゃって失敗してしまう。恥ずかしい。パーティーを抜けて家で待ってようかなってよく考えてしまう。モンスター相手とか、小規模かつ低火力に魔導を使うのはとても難しい。というか人の枠に合わせて魔導を使うのが本当に難しい。でもレオとスズに何かあったら嫌だから付いて行く。辞めたくなる時もあるけど、もしもの時に二人を守る為。加減をしなければ大体のことはどうとでもなると思う。

三人でしばらくパーティーを組んでいたら、レオがシルを連れて来た。

スズも凄い人だった。でもスズは戦えない。私も加減が上手《うま》くないからあまり戦えない。戦いは基本的にレオ頼み。けどシルが来た。シル自身は戦えない。でもシルがいるとレオが凄く強くなった。シルの付与魔導は、レオに特効があるかのようにレオにだけバフの上昇効果が高かった。

そしてシルも凄く良い人。私の二人目のお姉ちゃん。

スズも、シルも、私も、育ての親はいても家族はいない。スズに関しては孤児院の子供達皆のお姉ちゃんでもあるけど。レオも家族はもう亡くなってる。私達は皆家族になった。

シルが加わって『獅子』は『白獅子《しろじし》』の称号を与えられた。レオは凄く嫌がっていた。

そんな私達『白獅子』を見たしんりゅーじーちゃんは、私に言った。

「奇跡の産物だな。世界のバグか」

「バグ？」

「レオだけでも、シルだけでも成り立たない。スズも一人では活躍の場を広げられない。『魔王』覚醒も、レオが止めた。一人では大した力も持たぬ人間なのに。まだまだ世界は面白い」

私に家族が出来て皆が好きになったことは、私が『魔王』に覚醒することを止めたらしい。

もう一つ言うのであればレオは『勇者』の覚醒も止めている。

『黄龍《きりゅう》』ロサリアとの一騎討ちで引き分けたことで、『黄龍』が超越した人間にならず人の枠に留《とど》まったらしい。あの人が今代の『勇者』になる人だったようだ。道理で強い訳だ。

『勇者』か『魔王』が生まれ、戦乱の世になる。そんな世の中は誰も知らない所でレオが既に救っていた。レオに言っても多分「へぇー」くらいで流されそうだけど。

私はシルが好き。スズが好き。レオが大好き。

だから私は皆といるし皆を守ろうと思う。

……たまに魔導を失敗してしまう自分のことが嫌になって、家にずっといようかなと思ってしまうのは許してほしい。

Fragment 2　最速馬車組合

「ホスグルブの都市間を結ぶ馬車組合の馬車が襲われている、ねえ」

俺がクエストの任務票を受け取ったのを見て、ニコニコの受付嬢さん。

「このクエストを受注しますか？」

うん、正直俺達《たち》じゃなくても良いかなって思う案件、ではあるんだけど。

「受けます」

「はい、宜《よろ》しくお願いします、『白獅子《しろじし》』様」

スズから頼まれたら受けるしかないよね。


「レオっち、ごめんな」

「いーよいーよ、ヒマ潰しに丁度良《い》いし」

「それでこの依頼、何かあるの？」

「んー」

少し、歯切れの悪いスズ。何が引っ掛かってるか分からないけど、気にしなくていいからとりあえず言ってみ？　と促してみる。

「正体不明のモンスターが馬車の馬を狙って、というのが依頼内容やん？　違うんよね」

「どう違うの？」

シルもやはりスズの話は気になるようだ。マジクは出発前にシルが作ってくれた花冠に夢中である。可愛《かわい》い。

「特定のルート、特定の商家の馬車が集中的に狙われとる。いやカモフラージュとして一応他の馬車も狙われとるのは狙われとるんやけど」

「頻度に偏りがある？」

「そ。もしモンスターならモンスターを操っとる人間がおるんちゃうかなって」

「モンスターを操る……？　意のままにってこと？」

俺の言葉にコクリと頷《うなず》くスズ。一気に話が危ない方向へ進んできた。

「モンスターって、操れるんですか？」

モンスターをペット化しようなんて奴《やつ》が広い世の中いないことはない。ないが成功例は一件もない。そもそもモンスターはことごとく肉食でありヒトもその例外ではないのだから。

「噂《うわさ》程度やけどな。眉唾な話やけどちょっと気になってな。杞憂《きゆう》やったらええんやけど」

「なるほどな。確かにそれは……」

ガタンと馬車が大きく揺れる。早速来たかと扉を開けて外を覗《のぞ》く。

「ん？」

大量の大きな角。無駄にたくさん付いた車輪。無駄に長い車体。三頭引きのド派手な馬車が後ろから追いかけてきていた。

「なんや盗賊かいな。めっちゃ杞憂やったわ」

「まあ楽でいいじゃない。シル！」

「いつでも大丈夫です！」

シルからバフを掛けてもらっているか確認して、事前に車内に持ち込んでいた石を持ち後方の場所へ全力投球。一撃で爆《はじ》ける族車使用みたいな馬車。

「これで終わり？　呆気《あっけ》ない……」

「いえ、違います！」

意外な所から否定の声が上がった。馬車を走らせてくれている御者からだ。

「あれはただの盗賊で……来ます！」

「へ？　ちょ、ちょっと、何が来るって？」

全力で馬車を走らせる御者さんに余裕はない。

「この道を通りたかったら俺達と勝負しな！」

「な！」

気付くと両サイドを馬車で挟まれていた。

「良い根性だ！　ぶっ壊してや」

「違う！　公道最速馬車レースで勝負だ！」

「……はぁ？」

なんのこっちゃ。


つまり、こいつらは公道で賭けレースを仕掛ける走り屋チームで。

そういうチームが今ホスグルブ内にいくつもあり。

そいつらに負けた馬車は身包《みぐる》み剝がされ、御者は逃げて原因不明となっていると。

いやいやいやいやもう原因分かったんならコイツら全員潰せばいい「受けてたちます！」……はい？

なんで？　そう振り返ると声を上げたのはなんとシル。いや本当になんで？

「私、馬には自信あるんです！」

「ふっ、俺達『赤い太陽』相手に良い度胸だぜ！」

……いや、まあシルが良いなら良いか。


「シルー！　頑張れー！」

「マジクちゃんありがとー！」

という訳で、いやどういう訳だよとまだ言いたい気持ちはあるけれど、公道最速を賭けた熱いらしいレースが行われることになった。

相手のケイという男が操る馬車と、シルが乗る馬車。

「ま、いざとなったら相手全員潰せば良いか」

なんて思っていたのはかなり野暮だった。

スタートからまさかの熱いデッドヒート。いやシル、なんでそんなに馬の扱いが上手《うま》いの？

俺達は見晴らしの良い崖の上から見学してます。

「師匠から馬捌《うまさば》きは教わってます！」

うん、やっぱ貴女《あなた》の師匠おかしいわ。基本的になんでも出来るんだよねシルってば。

「うちの馬が出せるスピードじゃない……」

ほら、御者さんがシル見てちょっと引いてるやん。シル、公道最速理論かなんか知ってる？

「こいつ、なんて速さだ！　直線で離してもコーナーで追いついてくるだと！」

相手の走り屋さんも驚いてるやん。シルに「馬にバフ掛けるの？」って聞いたら「フェアじゃありませんからしません」とか言ってたけど、こういうレースにフェアもクソもないと思うんだけどね。まあシルがそれで良いなら良いんだけどさ。

「おー、シルがなんか凄《すご》い挙動でカーブで抜いてったな」

「シル凄ーい！」

一度抜いてからはコーナーごとに突き放してそのまま差を維持してゴール。

相手と健闘を讃《たた》え、握手して「もうあんたらに手は出さねえ」と『赤い太陽』とか名乗ってた奴らが言って去っていった。

「一件落着……？」

「んな訳ないやろ。アレはアレで別件や」

「あ、そうなの？」

「特定の商家がってとこから外れとるわ」

「確かに」

スズに言われるまでそこ忘れてたわ。

「あ、襲われてる」

そんな雑談をスズとしていると、何かに気付いたマジクが指を差す。先程去っていった『赤い太陽』とかいう連中がワイバーン三匹に襲われていた。……ワイバーン!?

「おいおい山深くならまだしも、公道近くに出るモンスターじゃねえぞ」

「レオさん！」

「シル、馬車あそこに走らせて！」

「はい！」

すぐに馬車に乗り込み、襲われている地点に直行。後ろから「うちの馬車ー！」とか聞こえてきたけどとりあえず無視。後でちゃんと返すから許してね。

近付くとこちらに気付いたワイバーンが一匹飛んできた。

「空飛ぶトカゲが馬食っててんじゃねえっつーの！」

俺に遠距離攻撃出来るスキルはない。けどシルのバフにより手にした力で全力投球した石は、それこそ岩のように硬いワイバーンの皮膚だって貫く。……投石しか出来ないから地味だけどな！

馬車の上に立ち、大きく振りかぶって投げた石はワイバーンの頭部に直撃し頭が弾《はじ》け、そのままワイバーンは墜落した。

「あと二匹！」

全力投球！『赤い太陽』達を襲っていたワイバーンも同じく頭部が弾け墜落した。

「お前達の馬は……無事じゃないみたいだな」

「いや……すまない。命が無事なだけマシだ」

「うん、それはそう。ていうか俺はお前達を逃がさないけどな？　お前らが身包み剝がしたっていう金品全部返さないとそこのワイバーンみたいになるぞ」

「うう……」

ううじゃねえよ。なんかいい感じに帰ろうとしてんじゃねえっつーの。シルも「あっ」じゃないからね？


その後こいつらは商家に引き渡された後、色々あって商家に雇われたらしい。速さが売りなだけあって素晴らしい馬車組合になったそうな。それでいいのかと少し思うところはあるけどお互い納得したなら良いか。

「で、スズ、なんか分かった？」

「何も。ただワイバーンの首に三匹ともアザがあったくらいやなぁ。あれから襲われてる馬車もないらしいし」

「アザねえ……」

「ま、今分かるのは新鮮な食料を速く運べる馬車組合が出来たってことくらいやな」

「確かにそれは大事」

今回分かったのは速い馬車組合が出来たのを知れたこと。そしてシルの馬車を御する腕前が凄《すさ》まじかったということ。

やっぱ教えたシルの師匠がおかしいわ。

「そういやモンスターを操るとかいうヤバそうな噂。アレはやっぱ別件かねえ」

「せやなぁ。ま、杞憂で済んだんならええかなて」

「それもそうだね」

Chapter 4 『聖女』クルス

「レオさん、私も今度『五龍《ごりゅう》』の一角になるんですよ」

「はあ、おめでとうございます」

レオさんはさほど興味がなさそうに私に祝辞を贈ります。いえ、本当に興味がないのでしょう。その様子に私は思わずクスリと笑ってしまいました。『五龍』に興味がない、というのは私が知る限り、この世界でレオさんくらいなものです。マジクさんですらレオさんが『五龍』となったことに興味を持ちましたからね。

「来月、『朱天狐《あかてんこ》』の称号を与えられます。これでレオさんと並びますね」

「いや、俺とクルスさんは羽虫とオーク程の差があると思いますけど」

「私を羽虫なんて言うのレオさんくらいです」

「いやどう考えてもオークでしょ。俺どころか素の力は『黄龍《きりゅう》』よりヤバい怪力……」

「沈めますよ？」

「ごめんなさい」

レオさんは軽口を叩《たた》きます。私に対してそんな風に接してくれるのはレオさんくらいなものです。それが心地好《よ》い、と私は思います。ふふ、幼馴染《おさななじみ》の『黄龍』ロサリアに話すことがまた出来ちゃいますね。私がいつもレオさんのことを話すのをロサリアもよく聞いてくれますからね。

……怪力は余計ですけど。ちょっと力が人より強いだけです。……多分ロサリアも私相手だと手加減してくれてるのだと思います。きっとそうです。ロサリアも自己強化すれば私より断然力がありますし、レオさんだってシルさんの強化があればロサリアより強いです。

シルさんの付与魔導。あれは、うん。特殊すぎますね。何度か見て理解はしました。シルさんに魔導を教えた人は少しおかしい人です。人によってはまったく効果が出ない、ある意味レオさん専用魔導ですからね。いえ初めからそうではなかったようですが、そう変化してしまったというべきか。

どちらにしろ私には使えません。多分私はどこかで心が折れそうな気がします。レオさんと一緒だから成り立っているというか。羨ましいです。

「ところで私、今のパーティーを辞めようと思ってるんですよね」

「へー」

「私がパーティーに入れば『五龍』が二人ですね」

「白魔導師はシルがいるので間に合ってます。大丈夫です。安心して他のパーティーを探してどうぞ」

レオさんは相変わらずつれないです。冷たいです。嘘《うそ》です冷たくありません。私は知っています。レオさんの弱さも強さもあり得ない心の在り方も。

◆
◆
◆

「失礼します」

見聞の旅で訪れた街の冒険者ギルドを訪れた私は、先に訪れた教会で聞いた話を確かめる為《ため》に護衛として前衛を一人雇いたいと話しました。

そこで信用出来る前衛として彼、レオさんを紹介されました。『実力がある』ではなく『人となりが信用出来る』という、ギルドにしては珍しい紹介でした。

ギルド長曰《いわ》く「確かにスキルはないが、実績は確かで『聖女』様に付けるならコイツしかいないと思う」とのことだった。

冒険者は粗野な方が多い。私に、その……変な視線を向けてくる方も多くいます。

「えーと、貴女《あなた》が『聖女』様？　冒険者ギルドの紹介で来たレオっていう者なんだけど」

冒険者ギルドで出会ったレオさんの印象は平凡。強者《つわもの》、という感じもしなければ特別な気を持つという感じもない、平々凡々の若者。

しかしそれはおかしなことです。何故《なぜ》なら彼はスキルをほぼ持たないとも聞いていたから。

私の平凡、という基準は冒険者、いえ国や教会が抱えている騎士達《たち》と比べて並といった印象。

つまり騎士達より、強くも弱くもないと感じたのです。

「はい。当代の『聖女』と、教会からの認定を受けています。どうぞクルスとお呼びください」

私は笑顔で言いました。まあ、癖になっているので笑顔に対して意味はないのですが。

「えー……、それはやめとくよ」

レオさんの一言で私の笑顔はぴしゃりと凍りついたでしょう。周囲の「おいおいコイツまじかよ」といった空気を感じられない程私は鈍感ではありません。

「……何故？」

まいったなと頬をぽりぽりと掻《か》きながら、渋々レオさんは答えました。

「貴女が『聖女』様だから、かなあ」

ふむ。

聖堂教会に厚い信仰がある、と今のレオさんの一言で周りはそう受け取ったようですがそうは見えません。つまり。

「特別扱いはやめてほしい、と？」

「トラブルの原因になるしね」

なるほど。こういう人物ですか。とても良いです。冒険者にはかなり珍しいタイプですね。出会った時から真摯に私の眼《め》を見て話してくれているのも好印象です。

私はわざと、自らが着る修道衣に男性が目を惹《ひ》かれるような改造を施しています。まあ、バチ当たりと言われることもありましたが概《おおむ》ね受け入れられました。教会の上の方々も男性ですからね。

ともかくこの衣服は相手の視線、というのを良く見るのに役に立っています。接する相手の目的が分かりやすいですからね。

なのでレオさんの仕事として接していますという態度が表面だけではないということがよく分かったのです。……今にして思えば少しくらい見てくれても良《い》いんじゃないかなーと思うくらい興味を持ってくれませんでしたね。

「確認しときたいんだけどさ」

「なんでしょう」

「冒険者ギルドで雇うの、俺一人ってことでいいんだよね？」

「合ってますよ」

「前衛一人で白魔導使い一人のパーティーってことで合ってる？」

「合ってます」

「……少人数で平気な任務って思っていいんだよね？」

「大丈夫だと思いますよ？　私がいますし。冒険者の方を雇うのは念の為というか」

「私がいますし、ね。……まあ『聖女』様は凄《すご》いって話ばっかりだったもんな」

「おや、私の顔はご存じなかったようですが？」

「そりゃ、組むとなったら情報集めるだろ。『は？　お前『聖女』様知らないとかどうやって生きてきたん？』みたいに言われまくったけど」

「そうですね。有名なのは自覚してますよ？　勿論《もちろん》誰しもが私の顔を知っているとまでは思っていませんが。ちなみに情報とは？」

「別にみんな似たような感じだった。奇跡を起こせるとか、『聖女』様がいる戦場では死者が出ないとか。……本当？」

「合ってますよ。奇跡に関してはサン・ブリジビフォア祭の話だとは思いますけど」

「ああ、聖堂教会の祭りの奇跡か。え、あれ『聖女』様がやってるの？　魔導とかでもなく？」

「はい。間違いなく」

「へぇー」

凄いなーと言うレオさんに私は少し驚いていました。私が普段、いえ今まで接してきた人々の中でここまで『聖女』に関心がなかった人は初めてでした。

「まあ奇跡がなんなのかよく分からないけどとにかく護衛任務、受け賜ったよ。宜《よろ》しくな、『聖女』様。……で、何するの？」

私はレオさんに説明をしました。

まあ大分省略してですが。教会で噂《うわさ》になっていた話の中で気になっていることがあるので森に入りたいと。もう少し、詳しく説明しようと思ったのですが、「いや、いいや聞かなくて」と聞いてもらえませんでした。何かを察して配慮をしてくれたのだとこの時は思っていましたが、今にして思えば「面倒そうだから細かいことはいいや」くらいの感じだったんでしょうね。

レオさんらしいというかなんというか。

◆
◆
◆

『聖女』様曰く、森に数日探索に入るということだったので準備を整える為に一旦別れた。

野営道具は『聖女』様の分は自前があるらしいので自分の物を家に取りに行くとして、食料もある程度は森で現地調達するとしても保存食は持っておきたいし……。

「おいレオ」

「ん？」

声を掛けられて振り返る。冒険者ギルドでよく見るCランクパーティーだ。素行の悪さもそこそこ有名。スキルなしをいじってくるから好きではない。ま、そんな奴《やつ》ばっかだからいちいち嫌いにもならないけど。

ちょっと来いと囲まれながら路地裏に連れて行かれる。ため息しか出ない。今忙しいんだけど。

「なんか用？」

「お前『聖女』様と組むんだって？」

「そうだけど情報早いね」

「そりゃあそうさ。あの『聖女』様と能なしが組むって聞けばギルド内で噂にならない訳ねえだろ？」

パーティーリーダー（名前忘れた）が笑いながら言う。周りの奴らも釣られて笑う。……こういう馬鹿にする笑いは好きじゃない。

「なあ悪いことは言わねえ、代われよ」

「ギルド長から直接の依頼なんだが？」

「別に良いだろ。実力不足だから代わってもらいましたーとか言っとけよ。あの美人でエロい『聖女』様と組むなんてお前にはもったいねえ」

「ふーん……」

呆《あき》れ。ため息。こいつ脳みそ股間に付いてるのか？

「それに『聖女』様だ。うまく行きゃ教会から金をせびるなんてことも……、ああ？　お前別に敬虔《けいけん》な信者って訳じゃねえだろ。むしろ無関心なくらいだろうになんだその目は」

おっと。思わず睨《にら》んでしまった。

あまりにもクソすぎて。

「よし決めた。お前はここで怪我《けが》をして、俺が任務を引き継いであの『聖女』様をヒーヒー言わせる。だから死んどけ！」

スキルを使うには条件がある。軽い物から重たい物まで様々だが、戦士系や拳士系の一般的発動条件は特定の構えを取ること。

狭い路地裏ではそれを満たせる構えは少ない。そして目の前のコイツはその少ない条件から何も満たさずただ殴りに来た。わざわざ俺の土俵に降りてきてくれてサンキュ。

「なっ!?　ぐっ、ぎゃあ!?」

拳を避け、懐に入り襟を摑《つか》みながら相手の姿勢を後ろに反らせて、自分の脚を振り子のようにして相手の脚に掛けて刈り倒す。大外刈りって異世界とか関係なく路上でくそ強いよね。

ついでに倒れた相手の後頭部に膝を落として追撃。いやこの世界の奴ら頑丈だからこれくらいなら余裕で喧嘩《けんか》の範疇《はんちゅう》。立ち上がろうとした所を後ろからチョークスリーパーの要領で首を絞めながら壁を背にした。

この馬鹿でも一応盾の役割にはなるってね。しかし後四人どうすっかな。喧嘩ならどうとでもなる気はするんだけどもう油断しねえだろうな。

「てめえ何をした！　スキルなしってのは嘘だったのか！」

サブリーダーっぽい奴が吠《ほ》える。いやいやスキルなんて使ってないが？　使ってるように見えたならむしろその目は節穴すぎるんだが？

「ちっ、おいレオ。てめえにも分け前はくれてやる。俺達と組め。この人数相手に殺されるより美味《おい》しい思いしたほうが良いだろ？」

「断るね」

「何故だ？　てめえ『聖女』になんの思い入れもなかっただろ。それともあれか？　惚《ほ》れたか？」

「一時《いっとき》と言ってもね、今組んでるパーティーメンバーを裏切る気はないってだけだ！」

ぐいっと首を絞め完全に落とす。サブリーダーっぽい奴に向けて落とした馬鹿を蹴り飛ばす。

思わずキャッチしてしまったサブリーダーっぽい奴が叫ぶ。

「てめえ！　消えた⁉」

「上ですよっと！」

一瞬、相手が馬鹿を受け止める際に視界から消えた俺は地を蹴り、後ろの壁を蹴り、飛んだ。相手の側頭部に空中で回し蹴り。コメカミにトゥキック。クリーンヒット。相手は吹き飛ぶ。後三人。

「おい、どうする⁉　こいつ強えぞ」

「くそ、スキルなしって話じゃねえのかよ！」

スキルはありません。いやお前らも今使ってねえじゃん。スキルに慣れすぎて、スキル使わない戦闘に慣れてない奴多すぎるんだわこの世界。

つっても……残り三人。距離は取られている。隙もない。どうすっかねえ。

「鎮まりなさい」

路地裏という場所に似つかわしくない凛《りん》とした声が響いた。一同が振り向き驚いた。『聖女』様だ。

「これはその……いきなりコイツが喧嘩を吹っかけてきて！」

「嘘はいけませんよ？」

「う……」

相手パーティーは明らかに気圧《けお》されていた。

「お、俺達も『聖女』様の役に立ちたくて！」

「そうですか」

そう言うと、『聖女』様が倒れていたサブリーダーへ近付いた。白魔導で治癒するんだろうなと誰もが思った。まあ『聖女』様とか言われてるくらいだしそれくらいするだろうなとは思ったが、なんとなく気持ちが萎えた気がした。

「ぐっ……。聖女、様……」

手を伸ばしたサブリーダーの手を取った『聖女』様。男の袖から覗《のぞ》いた鉄の手甲の手首から見えたカラクリ。仕込み矢。

とっさに身体《からだ》を動かし『聖女』様と相手の手首との間に腕を入れる。

来る筈《はず》の痛みは来なかった。


「あれ？」

「大丈夫です。ありがとうございます、レオさん」

パキッと仕込み矢が折れる音。メキメキと、鉄の手甲が砕ける音。ゴキゴキと、骨が砕ける音。

「あああああああ」

悲鳴、いや絶叫が上がる。『聖女』様が右手で取った相手の手を握り潰し、左手で相手の手首をカラクリごと、いやそもそも鉄甲ごと摑み握り潰した。うわあ、ドン引きです。スキルもバフも使ってないですよね？　素の力だけですよね？　白魔導師であってゴリラじゃないですよね？　怖。

「……慣れてるんですよね、こういうの」

少し、寂しそうに呟《つぶや》いた『聖女』様。騒ぎを聞きつけた衛兵がゴミパーティーメンバーを捕らえ、そこでも一騒動あったがまあ、『聖女』様の一言でだいたい片付くという。水戸黄門か何かかなこの人。いや実際そういう感じなのかも知れない。

「なかなか、信頼出来る人に出会えなくて」

聖女が一人旅をしている大きな理由がそれだという。教会も派閥争いが絶えず、誰かを頼れば誰かが敵になるという。味方も作れず、一人旅。地の利が必要な際に最低人数だけ雇うようにしていたようだ。

「幸い、腕は立つほうなのであまり困らないんですけどね」

悲しそうに笑う。確かに。あの恐ろしい握力。摑めば勝ち確だろアレ。握力だけとは思えない。多分身体能力全部バグってそう。

「すみません。実は路地裏に連れて行かれる所から見ていました。何かあればすぐに助けに入るつもりだったんですが」

割とすぐ何かあったと思うんですが？

「レオさんの実力も見たかったというか、その、信用出来るか確認したかったというか……。申し訳ありません」

そう言って深々と『聖女』様は頭を下げた。

ま、それなら仕方ない、かな。

「……で、俺は組むのに合格？」

「貴方《あなた》しかいない、と私の勘は告げています」

「いやそれ重くない？」

「ふふ、宜しくお願いしますね？」

これが『聖女』ジョークか、きっつ。とこの時は思っていたが、割と本気だったのに気付いた時には既に遅かった気がした。

レオと『聖女』クルスは準備を整えて森へ向かった。

「教会で聞いた話だと亡霊が出るらしいんですよ」

「街に入れない盗賊とかじゃないの?」

「それなら捕まえれば良いだけですから。私盗賊とかに狙われやすいですし」

「……その格好やめれば?」

「便利なんですよ。敵味方を見分けるのに」

なるほどとレオは思う。強者の発想だと。敵に狙われても叩き潰せるだけの力があるからこそ、そういった行動に平気で出るのだと。

『聖女』は危うい。

……変な騒動に巻き込まれなきゃいいなぁと思いながら、口には出さなかった。おそらく、そう生きなければいけなかったのだろうということも理解出来てしまったからだ。

「レオさんは小言を言わないんですね」

そういったレオの考えを見透かすようにクルスが尋ねる。

「籠鳥《ろうちょう》雲を恋《こ》う。その結果なんだろうなって思うとね」

「籠の鳥が雲に憧れを抱く。……ええ、確かにそうかも知れません。レオさんは詩人なんですね」

やべ、とレオは顔を背けた。なんとなく前世の諺《ことわざ》を口にしてしまっただけなのだ。基本的に教養がない冒険者であるはずなのだ。

「不思議な人ですね」

クルスも特にそれ以上追及はしなかった。

森を進み、レオの案内で比較的広い場所を陣取り野営の準備をし、火を起こしレオが夜食の調理を始めた。

その様子を見たクルスが感心する。

「レオさんは珍しいですね。野営地で料理までするなんて」

「少しでも美味しい物を食べたいしね」

クルスも野営で肉を焼くくらいはする。しかし調理、という程のことまではしない。出来ない訳ではないがしない。単純に荷物が嵩《かさ》むという建前がある。

料理をいくらやっても不味《まず》くなるからという理由ではない。はず。

「どうぞ」

「ありがとうございます」

簡単な料理だ。切る、焼く、煮る、味付けをする。

それでも手の込んだことや荷物を増やすことは基本的に避ける冒険者達の中でレオは異質だと思った。

「美味しい」

「どうも。……いや俺が言うのもなんだけど少しは警戒して食べたら？　なんか持ってたらどうすんの」

「レオさんなら大丈夫かなって。ああ、勿論食材がダメでも私すぐ解毒出来るので」

「ああ、そういうことね」

レオは信頼というよりクルスは毒など平気だからだと受け取った。平気だからと好き好んで毒を口にする人間がいる訳ないのだが、クルスが超人だと認識していた為そういうものかと受け止めた。

「それにしてもレオさんの戦い方、面白かったです」

「……そりゃあどうも」

「あ、褒めてますよ？」

「そうなんだろうけどねえ。素直に受け止めきれないっつーかね」

イモ虫系のモンスター、キャタピラに出会った。体軀《たいく》は大人の男程。それなりに素早い動きで這《は》い回り、スキルを使わなければ剣は通らず、矢も刺さらない程の外皮を持つ。火魔導には弱いが使い手が今はいない。五匹。

レオは迷わずキャタピラの背に飛び乗り身体の継ぎ目に剣を立て、剣の柄頭《つかがしら》を蹴り込んで突き刺した。「勿体《もったい》ねえな」と呟きながら傷口にアルコールランプ用の油を流し込んで火打ち石で火花を散らしキャタピラを中と外から燃やした。

燃え苦しみ奇声を上げる仲間を見て他のキャタピラは逃げ出した。

スキルを使えば剣は通る。矢も刺さる。

レオのような戦い方をする冒険者をクルスは見たことがなかった。スキルがないということは戦えないという認識が普通だ。普通は勝てない相手なら逃げる。誰だって命が惜しい。命が大事だ。

あっさりと倒したように見えたが、間違いなく研鑽《けんさん》を重ねた結果なんだろうとクルスは思う。

「あんな風な闘い方があるんですねえ」

「一匹とち狂って『聖女』様の所に行っちまったけどね」

火に怯《おび》えたキャタピラが一匹、クルスに襲い掛かった。

パシッと頭を摑みそのまま地面に叩きつけ陥没した地面。潰れたキャタピラ。笑顔のままそれを行い何事もなかったかのように手を払う『聖女』。

「いや俺いる？」

「必要ですよ。この森の地理分かりませんし。一人だと集団相手はきついんですから」

「……まあ、道案内は確かにいるか」

「いえいえ、頼りにしてますよ。ところで、こっちの天幕で一緒に寝ます？」

「謹んで遠慮しときます。……あー、答えたくなかったら別にいいんだけどさ」

「なんでしょう？」

「一人で野営なんて襲われたりするでしょ」

「ああ、大丈夫なんですよ。私の天幕に近付かれると何かが囁《ささや》いて私を起こしてくれますし。不埒《ふらち》な真似《まね》をする人がいたら……卵みたいに潰すだけですから」

「こっわ……。ま、見張りはしとくからゆっくり寝な」

「ふふ、ありがとうございます」


森の奥へ進む。

所謂《いわゆる》ゴブリンやらなんやら、ファンタジー的にありふれたモンスターに出くわしながら、レオがそれらをなんとか撃退しつつ、それを笑顔で眺めるクルスという構図が出来上がっていた。

レオは一応護衛で雇われているので文句はまったくない。戦えばクルスのほうが圧倒的に強いのは分かっていたが、雇い主に働かせるのは違うなと思っていた。クルスもレオの一風変わった闘い方を学んでいた。新しい知識を得る感覚を楽しんでいた。

そうこう進んでいきクルスの目的地である森奥にある、いつ誰が建て、いつ誰が住んでいたかも分からない廃城へ辿《たど》り着いた。

「なるほど」

城門の前に立ち、何か納得するようにクルスが頷《うなず》いた。

「呪われていますね」

「……城全部が？」

「ええ。理由は分かりませんが」

レオには何も感じられない。ただの廃城にしか見えなかった。

「入りますか」

「おいおい大丈夫なのか？」

「どうでしょう？」

笑いながら朽ちた城門をクルスが潜《くぐ》る。引き攣《つ》った顔で「マジかよ」と呟きながらレオも続いた。

亡霊。ゴースト。そんな類。モンスターではない。剣も魔導も通じない。レオにとってどうしようもない、そんな相手だ。

歩きながら宙に浮く何かに触れ、何かが消える。何かはレオには見えない。ただ、浄化されたのだと何となく感じた。

「奇跡を起こす『聖女』様、か」

何かが起きていて何かをしている。それはレオには分からない。けれど、クルスでなければ対処出来ないのだろうということだけは分かる。

クルスは呪いの解除に集中していた。

だから気付かなかった。廃城に罠《わな》が仕掛けられていたことに。城内の廊下を先行していたクルスの足元の石畳が僅かに沈んだ。それに気付いたレオが後ろからクルスの襟元を摑んで乱暴に後方へ投げた。

投げ飛ばされたクルスが背から倒れ、立ち上がった際に見たのは左右の壁から突き出た無数の槍《やり》に串刺しにされたレオの姿だった。レオが血を吐き出した。

クルスは取り乱さない。すぐさま神に祈るように両手を合わせる。

「奇跡を」

クルスが起こす魔導は厳密には白魔導ではない。何《いず》れの系統にも属さない。定義として白魔導としているだけで、誰もそれが何かは分からない。ただ、奇跡を起こすもの。

レオを串刺しにしていた槍がスルッと抜けて地に落ちた。倒れたレオに光が注ぐ。

「ぐっ、いってぇ……」

「まだ、何処《どこ》か痛みますか？」

「そりゃ、ってあれ？　何処も、痛くない？」

「良かった」

無数の槍に突き貫かれ、衣服は破れ血に染まっている。しかし、無傷だ。傷一つ、痛みすらない。

「……死んだと思ったんだけどな」

「私がいますから。むしろ投げられた私のほうが痛いです」

「ああ、ごめ「冗談です。ありがとうございます」……どういたしまして？」

『聖女』ジョーク分かりづらい、とレオは困惑する。

レオはクルスの能力を噂でしか知らない。なのに、クルスを助ける為に自分の命を迷わず差し出した。レオは教会の信者ではない。『聖女』の信者ではない。ただ、少し前に出会った仲間を助ける為に自分の身を投げ出した。

ああ、なんということだろう。自分に出来るだろうかとクルスは考える。勿論クルスがやるべきではない。最後まで生き残り、全てを救う役割を持つクルスがやって良いことではない。

「レオさん、貴方は凄い人です」

「いやどう考えても『聖女』様のほうがすごいてててててて」

クルスがレオの頬を抓《つね》る。

「クルスです。どうかクルスと呼んでください」

「いや『聖女』様いたい千切れる分かった！　分かったから！　クルスさん！　これで許して！」

「仕方ないですね」

「いやマジ千切れるかと、てか千切れてない？　大丈夫？」

「大丈夫です。千切れてもくっ付けますから」

「それ大丈夫とは言わないんだよなあ」

いくつかの罠を今度は慎重に、しかしシーフスキルなどないのでたまにレオが犠牲になりながら進み、城内で朽ちた遺体を見つけたクルスが触れて城を光が包んだ。

「これで大丈夫でしょう」

「結局なんだったの？」

「さあ、詳しくはなんとも」

困ったように笑うクルスに、レオは「ああ、これ聞かないほうが良いやつだな」とそれ以上は何も言わなかった。


それから冒険者としてクルスは何度かレオとクルスは組んだ。

クルスの能力の凄さを徐々に理解し、死んでも平気やろと敵モンスター群に一人で突っ込んで、死んだり生き返ったり忙しいレオに流石《さすが》のクルスも少し引いたこともあった。

「普通は死を恐れるんですけどねぇ。信頼されてるってことでしょうか」

とはいえ、クルスもレオを完全に信頼していた。

マジクの件がなければ組み続けていたのは間違いない。

クルスとしてもあの件で少しレオから離れたのを今でも悔いている。


「そういえばロサリアがまた試合をしたいと言っていましたよ」

「不戦敗でいいのでお断りします。え、いや前回のはシルの付与魔導のお陰だったって誠心誠意伝えたはずなんだけど」

「『それも含めて君の力だ』ってロサリアも言っていたでしょう？　力も使えなければ意味を

持たないものですよ。むしろ色々感心していました」

「使えるようになったと思う度に、シルがパワーアップしてまた振り回されるんだよなあ」

「……そうですか。また魔導の力が上がっているんですか」

「そうなんですよ……って痛い!?　なんで!?　つねらないで!?　そのオークみたいな力でつねらないで!?　千切れちゃう!!」

「千切れたらくっつけてあげましょうね」

「怖すぎるんですけど!?」

Fragment 3 英雄の樹

「～～♪」

「マジクちゃん楽しそうですね」

「可愛《かわい》い」

「ほんま可愛いわ」

久しぶりに四人揃《そろ》っての任務である。トンボ的な虫が先についた紐《ひも》を握り、ルンルンで鼻歌を歌いながら先頭のスズの横にいるマジク可愛い。森の中なので外套《がいとう》のフードも取って快適そうである。

『白獅子《しろじし》』にくる依頼というのはそもそも数が多い訳ではない。ぶっちゃけた話、ギルドが設定している単価が高いからだ。ギルド内最高ランクで『五龍《ごりゅう》』のパーティーだから、指名依頼の形となると単価がバカ高い。なので必然、依頼主は貴族や豪族、商人ばかりになる。そうなるのはまだ仕方ないとして、内容が面白くないものが多い。護衛だとかはまだマシ。主催パーティーのゲスト依頼って冒険者ギルドに依頼するのおかしいと思わないんだろうか。俺をエサに何をするつもりなんだろう。絶対行かない。

という訳で、『白獅子』に来た依頼は今回も全部お断りしてなんか面白そうなのないかなーとギルド掲示板を眺める。お断りして問題？　多分あるんじゃね知らんけど。

『次回のお祭りの手伝い』

これ良いやん。ボランティアみたいなもんだけど。いや低ランクの人達《たち》の仕事を取るつもりはない。でも祭りが盛り上がる為《ため》に勝手に手伝うのは良《い》いよね？　冒険者たるもの、お祭り好きじゃないとね。

ということで今回の任務の内容は『祭りの為のでっかいシンボルツリーを街の中心に植えて、街中の子供達みんなで飾り付けをやろうぜ』作戦だ。もちろん勝手と言ってもタオの都市長の許可は貰《もら》った。喜んでたよ？　「英雄『白獅子』の樹《き》……うちの都市の売りになる！」とか言ってたのがチラッと聞こえたけど、まあ喜んでいたのは間違いない。

そんなこんなで現在、巨木を取りに森に来ているのである。依頼主は俺。理由は楽しそうだから。みんな快く引き受けてくれた。感謝。

ぶっちゃけクリスマスツリーがやりたいだけなんですけどね！

「向こうやな！」

そして案内人はもちろんスズである。別にスズが森に詳しい訳ではない。

森の中なら俺のほうがよっぽどモンスターを狩りに入っているけど、スズは自身のスキル『鷹《たか》の目』で地形を俯瞰《ふかん》して確認、マーキングして案内してくれている。本来は周囲百メートルくらいを俯瞰するスキルらしいが、スズの話を聞くに王国内くらいなら俯瞰出来るらしい。どんだけ。マーキングまで可能で他のスキルと併用化。グーグルマップやんけ。いやグーグルアースか？　どっちにしろ凄《すご》い。予《あらかじ》め森で一番でっかい木をスキルで探してくれていた。感謝。

そんで今回は全員なのでスズの感知スキルでモンスターに出会わないように目的地まで導いてもらっている。いや戦闘しても良いけど、戦う前にスズは隠れてもらう必要があるし、マジクがやると地形が変わる恐れが大きいし。マジク、火力調整が相変わらず出来ないんだよね。低火力でやろうとすると失敗して泣きそうになるし……。ま、街中やダンジョン内じゃないから最悪地形が変わろうが良いっちゃ良いんだけど。

「大きい……」

無事にモンスターに出会わず、実に平和な散歩を皆で楽しみながらたどり着いた巨木。マジクが呟《つぶや》いた通りデカい。三十メートルくらい？　喩《たと》えるなら屋久島の縄文杉って所か。いや生前に屋久島に行ったことないから適当に言ってるけど。あれ樹齢二千年とか三千年とかだっけか？　まあこの世界の樹木とかめっちゃ丈夫そうだから引っこ抜いて植え替えても大丈夫……

だよね？　森林保護とかいう概念が存在しないから何にも言われないとは思うけど。

「じゃあシル、バフお願い」

「もう掛けてますよ」

「さすが仕事が早いね」

よっこいせっと。巨木を引き抜く。根が半端ない。なんなら抜く時に震度三くらいの地鳴りが轟《とどろ》いた。

そんなクソでか樹木だが、シルのバフのお陰で軽い。片手で持てそう。バランス崩したくないから背中で持つけど。……シルのバフ切れた瞬間死ぬな。一歩足を踏み出すとドシーンという轟音《ごうおん》と震度二くらいの震動が大地に響く。やりすぎワロタ。今更引けないので街中までこのまま縄文杉（仮）を背中に背負って歩く。歩く災害で草。

マジクとスズはいつの間にか木の先端に、スズがマジクを抱えるようにして座っている。シルは俺の横。実に平和な散歩である。一歩一歩地震が起こっていること以外。

尚《なお》、縄文杉（仮）がデカすぎて街の外壁で一番大きな入り口である正門から中に入らなくて郊外に植えることになった。洗濯機を買ったのに置き場が小さくて置けませんでしたレベルのミスである。

仕方ないので街中に植える樹木は適度な大きさの樹を取りに行き直しました。街中の子供達が色々な飾りを付けて楽しそうな様子が見られて良かった良かった。

で、街に入らなかった縄文杉（仮）は、街の北側、『千年に一度の厄災』を倒した場所に植えた。その樹は、英雄の樹とか言われて街のシンボルになったとかなんとか。

まあ一歩一歩地震を起こしながら街に近付いてきたら、住民もなんだなんだと外壁上に集まって見に来たりする訳で、衛兵もなんだなんだとこちらに駆け寄ってくる訳で。それが俺が原因だと分かると「『白獅子』がとんでもないことをやってる！」と騒ぐ人達もいる訳で。結果こうなったのは仕方ないというか。

しかしこの樹が対魔の力を持つ樹であり、次に『千年に一度の厄災』が復活する際にこの樹が植えられている位置に復活し、復活した瞬間に樹が『千年に一度の厄災』を貫通し倒すということになるとは誰もこの時は想像も出来なかったのである。

Chapter 5 『黄龍』ロサリア

王国最強聖騎士が俺にめっちゃ興味があるらしいんだけど、もしかして同性愛者なの？　なんて嘘《うそ》である。多分ロサリアさんから見ると珍獣である俺に興味があるのだろう。

王家の八男として生まれたロサリアさんは幼い頃に宰相閣下の下へ養子に出されている。簡単に言うと政治の駒。そして宰相家では継承権も持たされていない。

王位継承権は八番手で、この国の武の最高峰ということで有力視されていたこともあったようだが、本人の要望で放棄したようだ。政略結婚が嫌だった説とかあるが、この辺は面倒だし詳しくもないので置いておく。

王家であれ宰相家であれ、貴族の中の上澄みであるロサリアさんにとって俺みたいな平民は珍しいのだろう。まあ あくまで珍しいってだけだと思うけど。王国騎士団も多くは貴族で構成されている。

平民にもその門が開かれてはいるが、余程の実力がなければ入団は出来ない。つまり少数は平民もいるのだ。

そんなロサリアさんがなった王国騎士団団長というものは、コネや名声でなれるものではない。王国騎士団団長は五龍《ごりゅう》の中でも最高位と言われる『黄龍《きりゅう》』となることが決まっているので、王国騎士団は貴族然としていると見せかけて中身は超が付く実力主義である。過去には平民出の『黄龍』だっているくらいにはね。

「ゼェー……ゼェー……」

「素晴らしい。付与魔導がなくても王国騎士団でやっていけるよ」

「ゼェー……手加減……されて……これかよ……」

今現在、ロサリアさんがどうしてももう一度試合がしたいというので、二度と俺に興味を持たないでくれよという意思を込めて、招待されたロサリアさんの豪邸へ一人で出向いてバフなしで当然ボッコボコにされて庭先に転がっている所である。

息切れしまくっている俺と対照的に平然としている。いや少し汗は掻《か》いているが、金髪が太陽光でキラキラ輝いているし穏やかな笑みを浮かべている高身長イケメン。ズルい。

豪邸、と言っても贅《ぜい》を尽くしている訳ではない。なんというか、品が良い。家の大きさは流石《さすが》の家柄といった感じだが、来客をもてなす為《ため》の最低限だけ。それでも立派に感じるのは教養ゆえなんだろうか。

そんな全ての手入れが行き届いた庭の中でボロボロになって転がっている俺。聖剣技一度も使わない舐《な》めプされてて笑う。え？　バフなしで試合しに来た奴《やつ》に言われたくない？　まあそれはそう。

「戦士系下位スキルを中位相当まで引き上げる。並の努力で出来ることではないよ。スキルを変質させることがそもそも珍しい。尊敬に値する」

「……それしか……覚えられなかったんだよ……くそ……」

パリィ以外使えないんだもん。どうしようもないじゃん。

「確かに、スキルや身体能力に特筆すべき所はない」

「……はっきり言うねえ」

よいしょと、なんとか寝転がっていたところから地べたに座り剣を取った。ようやく息が整ってきた。

「だが失礼な言い方に聞こえるかも知れないが、君は所謂《いわゆる》天啓を与えられなかった、『凡人』と言われる人達《たち》の中で最も強いのではないかと私は思う。君の剣技、動き、全てに君が出来る限りの努力を重ねてきた軌跡が見えたよ」

この世界にはスキルがある。戦士の中位スキルを極めると戦士の上位スキルを……と繰り返すこの世界に置いて、戦士系最高位である聖騎士スキルを極めているロサリアさんはマジもんの天才である。聖騎士スキルを全て極めたのはここ百年でロサリアさんだけなのだ。

なんとなく、自分が持っているスキルが分かる人間もいれば、一生分からずに過ごす人間もいる。下位、中位、上位、最高位と分類され下位のみしか習得出来ない者は所謂『凡人』、上位以上を習得出来る者が『天才』と称される。つまり俺は天から『凡人』認定されたのである。

うるせえそんなもん知るかよと生きてきたんだけどね。

ま、世の中そんなもんよと剣を杖《つえ》がわりにようやく立ち上がれた。

「おや、もう立てるのか。よくそこまで鍛えたものだ。それにその見極める『眼《め》』だ。経験を重ねて素晴らしい域にいる。普通ならそれを使いこなすには余程の能力が必要だと思うが、良き仲間を持ったものだ」

「……王国騎士団でもやれるって？　新人騎士くらいか？」

「まさか。君は仲間の力抜きの能力だけでも、いますぐ小隊員はこなせるさ」

「……それ新人騎士と変わらなくない？」

会話を続け、先程の試合を思い浮かべながら軽く剣を振った。

んー、こうすれば捌《さば》けたかな？　避けられたかなと考えつつゆっくり体捌きをしながら剣を振る。その様子を見ながらロサリアさんは苦笑していた。

「入ったばかりとこなせるでは雲泥の差だよ。私も一番下からの叩《たた》き上げだからよく分かっているつもりさ」

　ロサリアさんは生まれてから俺との御前試合まで生涯無敗だった。一応あれは引き分け扱いだから、無敗なのは変わらないんだけど。ロサリアさんは恵まれた天啓に驕《おご》ることもなく努力を続けた男である。そして俺程度を褒めるほど、出来た男でもある。しかも今の試合だってロサリアさんの個人邸にて完全に人払いを済ませた上での気遣いの男でもある。

「はあー……。やっぱロサリアさんすげえわ」

「私が君と同じ能力だったとして、私は君ほどの努力を重ねる自信がない。私は君を尊敬するよ。うちの団員はきっと私と同じ感想を抱くだろう。スキルの変質というのは並の努力で得られるものではないことを皆知っているからね」

「いや逆に俺がロサリアさんと同じ天啓を貰《もら》えてたら、俺ロサリアさんみたいに研鑽《けんさん》を重ねられねえわ。ロサリアさんこそ、どうしてそこまで努力出来たんだ？」

「……生まれつき『天啓』を授けられていると宣言された幼馴染《おさななじみ》がいてね。特別扱いされて育てられたその娘《こ》に格好つけたかったんだ。格好つけて、その娘に並んで、君だけじゃない！　って示すことで君は一人じゃないって伝えたかったんだ」

「え、何それエピソードまでイケメン……」

「だが私はやりかたを間違えたらしい。……結局、彼女を一人にしてしまっていたことに気付かなかった。格好の悪い話さ」

なるほどなぁ。ロサリアさんが何故《なぜ》か見合い話を断りまくってるってクルスさんも言っていた。

貴族の結婚なんて所謂政略結婚が主のはずで、相手次第で思い通りに立場を優位に固めることが出来るだろうになんでだろうとは思っていたけど、その幼馴染が好きなのか。純愛じゃんか。

「でもロサリアさんはそれに気付いたんだろう？　その幼馴染にはもう良い人がいるのか？」

「……想《おも》い人《びと》はいるようだね」

ロサリアさんみたいな完璧超人に想われているのに他に想い人がいる!?　嘘だろ人外が好きとか駄目人間好きとかじゃないとありえないだろ。いや、ロサリアさんが気遣いすぎて気付いてないだけだなきっと。

「なら大丈夫だよ。ロサリアさんなら大丈夫！　顔も良い！　性格も良い！　王国騎士団団長！　『黄龍』！　欠点なんてないじゃない」

「そうだといいんだけどね」

ロサリアさんは困ったように笑う。

「いやロサリアさんで無理ならこの世の男じゃ無理じゃない？」

「そうだね。もしかしたら、この世の男じゃないのかも知れない」

「え……何それこわ……」

ほんとに違うのかよ。どういうことだってばよ。

「冗談だよ。本当になんとなく、そう思ったこともあるってだけさ」

ロサリアさんほどの人間に働く直感とか、予知とかにも近そうなんだけど。

「もしくは相手が好きなのが実は同性だとか？」

「いやそれはないかな。その相手も私は知っているし」

「じゃ、じゃあ幼馴染の前でその相手と試合して格好良い所を見せつけるってのは？」

「彼女の為に力を身に付けたのは間違いないんだけどね。それを誇示することで靡《なび》くような娘じゃないんだ。試合自体はいつでも歓迎なんだけどね」

「あー……やっぱロサリアさんが惚《ほ》れてるだけあって、そういう感じじゃないんだな。だからこそロサリアさんが惚れたってことか」

「……その話はこの辺りにしよう。それより冒険者ギルドでの任務の話とか聞かせてくれないか？　君の話は私には新鮮でね」

「俺達にとってはその辺に転がってるような話なんだけどそれでも？」

「ああ、構わないよ。美味《おい》しい酒も用意してある」

「ありがたいけど高級酒は合わない気がするんだよなあ……」

「ふふ、この前君と抜け出して行ったあの酒場のお酒さ。あの酒場と同じツマミもある」

「あーあれか！　あれは美味《うま》かったもんな！　でも安酒だぜ？」

「高くても安くても、美味しいものは美味しい。君から学んだことの一つさ。ああ、またあの酒場に行くのも良いな。いまから行くかい？」

「よし、行こう。日が昇ってるうちから飲む酒は最高だからね」


　ということでボロボロの服を着替えてロサリアさんと冒険者連中がたむろしている騒がしい酒場へやってきた。俺もロサリアさんもそこそこ有名なので外套《がいとう》を身に着け、フードを被《かぶ》っている。ま、こんな場所だからそんな風貌でも気にする奴はいない、はずだったんだけど。

「あ、お姉さん麦酒《ビール》二つね」

「はーい！　……ってあれ？　もしかして『白獅子《しろじし》』様!?」

「え、あーいや人違いじゃ」

「お、本当だ『白獅子』だ！」

「いやー赤城おろしの時、タオにいたんだがアンタのお陰で助かったぜ！　奢《おご》らせてくれ！」

いや、うん。この世界って髪色結構バラエティに富んでるんだけど、白髪って珍しいんだよね。悪目立ちしてもうた。ただ酒飲めそうだから普段ならいいんだけど。

「あー、ロサリアさん申し訳ない」

周りの盛り上がりが落ち着き麦酒が運ばれてきた。ツマミを適当に頼んだ所でロサリアさんに謝罪。

「いいじゃないか。『白獅子』の人気は知っていたつもりだけど、こうやって目の当たりにすると友人として嬉《うれ》しくなる」

「俺なんかより目の前の『黄龍』で盛り上がるべきだと思うんだけどなあ。俺、好き勝手に生きてるだけだし」

「だからこそ眩《まぶ》しく見えるんじゃないか？　私から見ても君は眩しく映るよ」

おいおいなんなのやだ惚れちゃう。俺が女だったら堕《お》ちてるって。この人に惚れられてるのに恋が実らないとかマジ？

なんだかんだ話しながら酒と食を進め談笑し、たまに何故か俺だけ周りの客に絡まれながら楽しく食事が出来た。いや出来ていた。

ロサリアさんの手が止まる。俺の手も止まる。

「だからよ、この薬を売り捌いたら……」

「本当に儲《もう》かるのかよ」

「何、これ凄《すげ》え中毒性が……」

ざわめきの中でうっすら聞こえてきた声。唯《ただ》の儲け話なら良いんだけどきな臭すぎる。

「なるほどね」

先程まで楽しそうに飲んでいたロサリアさんの顔が騎士の顔に変わる。

「最近街中で少し困った案件の話があったんだが、末端の話が聞けそうだ」

「手伝うよロサリアさん」

そんなロサリアさんの顔を見たら俺も酒が抜けた。

「……そうか。ありがとう」

巻き込みたくなかったのかおそらく一人で処理しようとしたロサリアさんは、しかし邪魔扱いもしたくないと思ったのか提案を受け入れてくれた。信頼してくれたのなら応えなくてはいけない。

きな臭すぎる話をしていたいかにも胡散臭《うさんくさ》い顔をした三人が酒場を出ようと立ち上がった。

俺達も合わせて、いや少しだけ遅らせて店を出る。

「最近人を狂わせる、酒なんかよりよっぽど中毒性の高い薬が出回っていてね。どこで作られているのか、誰が捌いているのか調査をしていた所なんだ」

「ロサリアさんは現場が集めた情報を把握する側でしょ？」

「勿論《もちろん》仕事だからね。だがまさかあんなに堂々と話してるなんて思わなかったな」

「誰も話なんか聞いてないし胡散臭い儲け話ばっかり話しているような所だからね。末端を捕まえても何も出ないかも知れないけど泳がせる？」

「いや、確かに何も情報を持ってはいないかも知れない。だけどちょっと気になることがあるから捕縛する。……間違っているかい？」

「ロサリアさんの判断なら問題ないでしょ。俺は協力するよ」

「すまない、頼りにしているよ」

むしろロサリアさん一人のほうが戦力としては良さそうだけどね。バフなしだと邪魔になりそうな気もするけど。頼りにしてる、か。じゃあまあたまには張り切っちゃいますかね！

と、そうこう言ってるうちに胡散臭い三人組が路地裏へ。

後ろを尾《つ》けていたのに気付いたらしい。まあ気付かれるように気配を消したりはしてなかったんだけど。ロサリアさんをチラッと見ると頷《うなず》かれた。後に続こうということらしい。異論ゼロでございます。

俺とロサリアさんが路地裏に入った所で待ち構えていたのは二人だけ。

応援を呼びに行ったのか、後ろに回り込みに行ったのか。

「てめえら何者だ！　何故尾けてきやがった！」

ロサリアさんが何か言おうとしたのを片手で制して、俺はフードを取った。どうせ白髪でバレるし早いか遅いかってだけだからね。

「し、『白獅子』!?」

「なんで王都に『白獅子』がいるんだよ!?」

「いや別に用事があったらいてもいいだろ」

「用事……つまり俺達のことを嗅ぎつけやがったってことか！」

俺達ってなんだろう。三人組のことじゃなさそうだけど。適当に合わせるか。

「分かってるなら話は早いね。大人しく付いてきてくれれば怪我《けが》しないで済むけど？」

「……くそったれ」

目の前の二人はやけになったように剣を構えた。と、同時に背後に三人。応援を呼んだか。

「大人しくしてくれない？」

「分かってんだろ！　どの道死ぬならやってやる！」

いや何も分かってないんだけどね。後ろ三人も俺の白髪を見て動揺はしているけど、狼狽《ろうばい》しながらも剣はしっかり構えている。

ロサリアさんは何も言わずに後ろの三人に向かい剣を構えた。なら俺が正面ってことで。

「くそったれが！」

正面の二人が斬りかかってきたのを合図に全員が動いた。ここは裏路地。俺は馬鹿正直に斬り合う気なんか毛頭ない。どこぞの飲食店のゴミ箱を蹴り上げる。目の前一人に向けて蹴ったゴミ箱は見事にすっぽりと上半身を覆った。適当に蹴り上げたのに上手《うま》くいきすぎて笑う。

振りかぶった剣を避けゴミ箱を被って身動きが取れない馬鹿をもう一人に向けて蹴り飛ばした。ギャグみたいな悲鳴をあげて倒れる二人。倒れた所で思いっきり腹を蹴り飛ばし、腕を踏みつけ剣を奪った。

振り返ると既にあっさりとロサリアさんが三人を気絶させていた。

「荒事に慣れている。見事な手際だ」

「いやロサリアさんこそ。俺基本搦手《からめて》ばっかりなんだ。シルがいないとね」

「私はいつも通りに剣を振るしか脳がない。場面に応じて戦い方を変えるなんて器用な真似《まね》は出来ない人間さ。……なるほど、それが君の本来の戦い方か」

「俺から見るといつも通りの戦い方を常に出来るって本当理想的なんだけどね。あー、俺の戦い方だと騎士道とかから見たら卑怯《ひきょう》だろうね。本来のっていうか、こんな戦い方しか出来なかったってほうが正しいし」

「そんなことはない。むしろ視野が少し広まった気分だ。……そうか、武舞台での試合では君の力は発揮出来ない訳だ。フェアじゃなかったんだな」

「めちゃめちゃフェアでしょ。多対一とか闇討ちじゃなきゃ基本どんな場面でも俺は公平だと思うけどね。怪我なり病気なり調子なりは運要素、いつやるかってのは相手も一緒だし」

「場所や条件は関係ない、か。なるほど。冒険者らしい」

「で、ロサリアさん、こいつら捕縛してどうするの？」

「私の騎士団員に連れていかせるが、その前に……」

ロサリアさんが倒した相手を調べる。衣服のポケットから出てきたのは木片。

「やはりか」

「木片……いや割符。ああ、それで取引してるのか」

木の板に文字が半分。文字を書いて二つに割ってある板を取引相手と半々で持ち取引時に合わせる。半々に割る切り取り方次第で唯一無二の当事者同士という証拠を示すものになる。

「そう、問題は書かれている文字だ」

「んー、『四罪』……かな」

「『四罪』、国家転覆を掲げる内乱罪に問われている集団だ。先程の会話で俺達のことを嗅ぎつけただの言っていたが、隠す気もなくなっているのか『四罪』の名をわざと謳《うた》っているのかは分からないけど」

「尻尾は摑《つか》んだ？」

「切り離せる尻尾だろうけどね。後はうちの団員に任せるさ」

王国騎士団って対モンスターだけじゃないんだな。こんなに忙しそうなのに顔色を変えずに俺の相手までして。幼馴染の件でも苦労してるのに。

ほんと公私共にえらいこっちゃ。こんなに真面目で良い人なのに。

どうかロサリアさんが幸せになりますように。

Fragment 4 偽獅子

『白獅子《しろじし》』を騙《かた》る偽者が現れた?」

いつものように面白そうな依頼がないかと訪れた冒険者ギルドにて、受付嬢さんからそんな話を振られた。

「そうなんです。王都より西側の都市に『白獅子』を騙って高額な報酬を請求するパーティーがいるとか……」

王都より西側。ちなみに俺達《たち》の拠点である都市タオは王都より東側にある。

「高額な報酬ね……。報酬だけ請求して逃げてるの?」

「いえ、依頼はきっちりこなしているみたいなんですけど、後から『俺達は「白獅子」だぞ!』と言って依頼料を増し増しに請求してくるみたいで」

「ふむ……」

申し訳なさそうに話す受付嬢さんからそこまで聞いて考える。

偽者はきちんと依頼はこなしている。高額で請求といっても支払い額を決めて払っているのは結局ギルド側であって。

「……なんか問題ある？」

「いやいやいや『白獅子』を名乗っているのが問題なんじゃないですか」

「まあそれはそうか」

偽者ねえ。名前が売れればそういう奴《やつ》も現れるだろうけど、今回は可愛《かわい》いものじゃないかな。盗賊行為やったりとか強請《ゆす》ったりとか脅したりとか、そういう悪どいことしてる訳ではなさそうだけど。

ただ、『白獅子』パーティーを名乗ったということは、俺だけじゃなくてシルやスズ、マジクの偽者もいるということになる。

別に俺だけならどうでも良いっちゃ良いんだけどなあ。

「しょうがないなあ……。で、何処《どこ》の都市に出たって？」

「ミョーギの方と聞きました」

「了解」

という訳で、今回は『偽獅子』を捜すことになった。ミョーギか。微妙に遠いっていうかあんまり俺が行かない地域だから顔が知られてないってのも丁度良かったんだろうな。

ミョーギまで移動。今回は『白獅子』全員で馬車移動だ。

「シルの姉御！　俺達の馬車を使ってくだせえ！」と、売り込みがうるさかったので元『赤い太陽』の連中がいる馬車組合の馬車で移動、ガタガタと揺られながらの旅である。シル、いつの間に姉御呼びされてるん？　馬車を操る御者の間でシルの存在は伝説となってきている？　どういうこと？　たまに色々な馬車組合が集まるレースに呼ばれてぶっちぎってる？　……シルが楽しいなら良し！


「『偽獅子』ねえ。もう消えとるんちゃう？」

「消える？」

「だってなあ。そんなふうに騒いでもうたらこんな風に本物が出張ってくるやろ？　そしたら逃げるやろフッー」

腕を頭の後ろに組みながらスズが呆《あき》れ顔《がお》で言う。一応俺過大評価されまくってて、噂《うわさ》では化け物扱いされてるからな……。

「でもフツーじゃないかも知れないよ？」

「例えば？」

「私達を倒して俺達こそが『白獅子』だ！　とか、何か理由があって呼び出す為《ため》とか」

シルがスズに思い付いた理由を挙げていく。

「確かに『白獅子』の称号貰《もら》いたての時はそんな輩《やから》めっちゃおったなあ……。全員レオっちが分からせたけど」

確かに俺こそが『白獅子』だって挑戦してくる奴はほんと多かった。別に『白獅子』の称号なんていらないからいくらでもあげますぜ旦那って感じであげたいんだけど、勝った負けたで受け渡す物でもないんだよなコレが。俺じゃなくて国に言え国に。粘着されるのも面倒だから力で捻《ね》じ伏せるのが一番手っ取り早かっただけというか。

「『偽獅子』ってどんな人達だろーねー？」

マジクは純粋に興味があるようだ。

「ま、行けば分かるだろー」

ぶっちゃけ悪いことしてないなら別にどうでも良いっちゃ良いんだけどな。

そんな思いでミョーギにまで来てみた俺達は衝撃を受けた。

「がははは！　どーだ！　俺様の聖騎士スキルで今回はオーク三体を狩ってきてやったぞ！」

「ふっ、私の回復魔導と付与魔導の素晴らしさがあってこそ！」

「私のシーフスキルがあれば戦闘中の敵から武器を奪うことなんて容易《たやす》いこと！」

「ぼ、私も火魔導と水魔導で頑張りました……」

自分達の戦果を高らかに謳《うた》う『偽獅子』の面々。しかも若い。齢《とし》は十五くらいといった所。

いやそんなことはどうでも良い。

なんか偉そうな偽の俺は言った。聖騎士スキルで、と。

「おいおい聖騎士スキル持ち……!?　俺パリィしか出来ないってのに！」

思わず地に伏せる俺。何故《なぜ》か敗北感に包まれる。おいおい俺よりよっぽどちゃんとしたスキル持ちの冒険者じゃねえか。髪は白メッシュが入った黒髪。珍しい髪色だな。背はだいたい同じ。顔は、まあ俺より良さげ。なんなんあいつ俺の上位互換か？　マウントかおい。

「あの人、回復魔導も使えるんですね……」

シルが杖《つえ》をギュッと握り項垂《うなだ》れている。そうね。シルも回復魔導使いたかったんだもんね。なんであの白魔導師もシルと同じ桃色の髪色なんだろうか。リサーチちゃんとしてるってことか。

「うち、戦闘中のスキル使えへんどころか邪魔にしかならへんのに……」

同じくスズも民家の壁に手を突いて項垂《うなだ》れる。うん、スズは戦闘中隠れるしかないもんね。

いや別に普段それでお釣りがくるくらい活躍してくれるから全然良いんだけど気にしてるもん

ね。スズがちらちら相手のシーフの胸元を見ている。相手は確かにでかいな。いや胸の大小でシーフの勝ち負けは決まらないからねスズよ。

「私土魔導しか使えない……」

くいくいと俺のマントを引っ張りながら悲しそうなマジク。相手のザ・魔導師みたいな格好してる子（性別は分からん）にマジクも負けた気がしているらしい。大丈夫、俺なんてパリィだけだマジク。なんの慰めにもならんけど。

ていうか俺だけじゃなかったな。俺達『白獅子』全員、相手パーティーに出会っただけで敗北感に苛《さいな》まれていた。

このまま帰りたい気分である。

「……で？　レオっちどないすんの？」

打ちひしがれる俺にどんよりと重い空気を纏《まと》ったスズが声を掛ける。

「なんか普通に任務こなしてるだけなら放っておいて帰りたい気分」

「いやそうもいかんやろ、せっかく来たし。一応」

「……まあ、それもそうか」

大きくため息を吐《つ》き、仕方ないなと俺は『偽獅子』に近付いた。

「どーも」

「がはは、なんだサインでも欲しいのか？」

調子良さそうな奴だ。割と気は良いほうかも？　そこそこ実力ありそうだしわざわざ偽者名乗らなくても地道に冒険者として実績積み上げれば良かったのに。なんか勿体《もったい》ないなコイツ……。

「確かに偽者がどんなサイン書くかはちょっと気になるかも」

うん、俺なんてクソ適当だからな。

「は？　なんだてめぐはあ」

先手必勝レオぱーんち。相手は宙に舞い一度きらーんと輝いて星となり、しばらくしてようやく落下して地面と衝突。

相手は瀕死《ひんし》になる。ピクピクしてる。

「ライオ！」

『偽獅子』の白魔導師が慌てて駆け寄り回復させる。いや違うんや。そっちが先に手を出そうとしたから思わず先の先って感じでやる前にやっちゃったというか。

「こ、この」

相手の黒魔導師の子が杖を構え水弾を浮かべた。おいおい街中でぶっ放す気かよ。知らねえぞ。

「えい」

ほらな。マジクが土壁、というか箱を作り『偽獅子』を一瞬で囲った。土壁を作られた周囲がごっそり陥没して地形が変わっちゃった。全部相手が悪い。……いやあれ囲いか？　埋まってない？

「マジク、あれ呼吸出来るの？」

「え？」

マジクからなんで呼吸させる必要があるの？　と本当に不思議そうな顔で見られた。うん、まあ敵認識ならそうかも知れないけれども。

「一応解いてあげて。話聞かなきゃいけないから」

「……はーい」

渋々、といった具合でマジクが土魔導を解いた。陥没した地面に土が戻っていき、中から呼吸が出来なくなり気絶した『偽獅子』が出てきたのだった。あっぶね。窒息死させる所だったわ。

とりあえず、一人でこいつら全員背負ってギルドに連れて行くことにした。

尚《なお》、一応こいつらが『白獅子』だと思っていた街の人達、突然現れた俺達にドン引きである。

それはそう。しゃーない。

いやまあ一応勝ったんだけど。

試合に勝って勝負に負けた感半端ないんだよな。


「つまり俺達に憧れるあまり真似《まね》をしているうちに『白獅子』と間違えられて気持ち良くなり調子に乗った、と」

「はい……。本当にすみませんでした……」

気絶した『偽獅子』を全員抱えてミョーギの冒険者ギルドに連れ込み、ギルドの応接室を借りて事情を聞いた。タオのギルドから話は来ていたらしくすぐに対応してくれた。ま、事情を聞いた結果、なんとも可愛い理由でしかなかった訳なんだけど。

『白獅子』を名乗る。『五龍《ごりゅう》』を騙る。それが犯罪だというのは分かるな？」

「はい……。あ、いえこいつらは俺が無理やり付き合わせただけで悪いのは俺だけなんです！」

「それは無理があるな」

ミョーギのギルド長から罪を問われ必死に俺だけが犯罪者だと弁解するライオくん。まあ確かに無理はあるがな。俺がいらねーと思っているだけで一応この国的にすっごい権威ある称号やねん『五龍』ってのは。ただギルド長は結構複雑そうな顔を時折見せている。気持ちは分からんでもない。

「まあ」

俺は二人の会話を敢《あ》えて遮る。

「別にいいんじゃないか？」

「『白獅子』殿！」

「いやまだ若いしさ。若気の至りで有望株潰すの勿体ないでしょ。『白獅子』の名で犯罪をしてた訳でもないし」

「まだしていなかっただけです！　いずれ調子に乗ってやっていたに違いない！」

そこは完全には否定しきれないけど。調子良さそうだから本人達の意思とは関係ないところで結果的にそうなったりとか俄然ありそう。

「あー、高額請求はしてたんだっけ？　そういやなんでそんなことしてたの？」

「あ、『白獅子』は金銭の報酬は求めるってよく聞いていたので……」

それはその通り。いや高難易度の任務こなせるようになって金銭面も不自由はしていないんだけど、無償でやったり報酬を下げたりしてしまうと他の冒険者に迷惑が掛かるから出来ないんだよね。『白獅子』はタダでやってくれた！　なんて話が広がると他の冒険者の生活が成り立たなくなっちゃうから。だからいつも請求はきちんとしてるって訳でガメつい訳ではないよ。

「ふむ……。ねえギルド長さん、一回失敗したくらいでやり直しきかないのは可哀想《かわいそう》じゃやない？」

「しかし……」

「『白獅子』がここでいくつかの任務をこなしました。それに憧れて真似をしている若い子達がいました。それで今回は良いとしようよ」

「……随分甘いですな」

「本当は一番どうにかしてあげたいって顔してたのアンタだろうに」

ギルド長を肘で突《つつ》くとギルド長は少し目を瞑《つぶ》り、仕方ないなと意を決したようだ。

「『白獅子』殿が言うのであれば」

「そうそう、俺が言うから仕方ないね」

「あ、あの！　すみませんでした！」

「「「すみませんでした！」」」

「うん、謝れて偉い」

「普通に有望株でしょこの子達。しっかり育てなよ、ギルド長さん」

「ギルド側の管理不足にも目を瞑ってくれる代わりですか。ええ、任されましたよ」

「あの……俺、ライオって言います。本当にすみませんでした」

俺に向かって深々と頭を下げるライオくん。ふむ。

スッと剣を抜く俺。慌てるうちのパーティー以外の人々。気にせずライオくんの首に剣の腹を当てる。そして剣を戻す。

「うん、これで『偽獅子』討伐完了ってね。これからは……そうだな、君達は『レグルス』と名乗りな。俺の……故郷で獅子的な意味を持つ言葉だよ」

前世の記憶もうろ覚えになってきてるけど確か獅子座の一等星がレグルスだったと思う。多分だけど。たしかギリシャ神話で英雄ヘラクレスに三日三晩首絞められて殺された獅子が獅子座だったっけ。……あれ、そう聞くとあんまり冒険者パーティーの名としては良くない気がする。

「あーやっぱやめ「いいんですか!?　とんでもないことをしてしまったのにパーティー名まで付けてもらって！」……お、おう、喜んでもらえてるようで良かったよ」

『白獅子』に憧れてるらしいライオくんは大層喜んでいる。他の子達も同様である。やべ今更撤回出来ねえ。

「俺達、これから『レグルス』の名をホスグルブに轟《とどろ》かせます！　そして『白獅子』から付けられた名前だって自慢してやります！　これからは『白獅子』の一番弟子、『レグルス』だ！」

「……そっか。頑張れよ！」

「はい！」

やっべ。今更言い出せねえ。まあどうせ誰も分からないから良いか。そんなキラキラした眩《まぶ》しい眼《め》を俺に向けてくるんじゃない。申し訳なくなってくるだろうが。

……ん？　今どさくさに紛れて一番弟子とかなんとか言ったか？　まあいいか。なんかあったら知らねえって言おう。

ミョーギで一泊した後、ミョーギから出る際、『レグルス』とギルドの人達が見送りに来てくれた。今後は上手《うま》くやってほしいな。

「甘々やったけど良かったん？」

スズは笑いながら聞いてくる。俺らしいとか思ってそう。

「『白獅子』を名乗ったくらいしか悪いことしてないしなあ」

「それが一番問題なんやけどな」

スズが苦笑する。それはそうなんだろうけど。それはそれで俺っていうより色々大問題なんだけど、あいつらが『白獅子』の名でこなした任務は全部こっちがやったことになって報酬までこっちに回って来たので、名前が勝手に働いてくれた気分になっている。

「まあ、あいつらの気持ちが分からないでもないしなあ」

ヒーローに憧れる子供。要はそんな感じ。

「勿体ないしね。あの子達」

そう、本当に勿体ない。

「たしかに戦闘中にもスキル使えてたみたいやしな……」

スズは遠い目で馬車の窓から外を眺める。

「回復魔導も使えたみたいですしね……」

シルもスズと同様である。

「水魔導と火魔導いいなあ……」

マジクは普通に羨ましがる。

「聖騎士スキル、かあ……」

俺も外を見ながら純粋に思う。あいつら羨ましいなって。

Chapter 6 『シルの師匠』リィナ

レオの朝は早い。

早朝のランニングは冒険者を始めた頃からの日課で今も続けている。夜が明けた頃、水浴びをして汗を流し朝食を取る。

一人だったり、パーティーメンバーと一緒だったり様々だが、大概はマジクと一緒である。

マジクはレオがランニングを終えて、パーティーハウスに戻ってきた頃に起きて朝食の準備を始める。このパーティーハウスはシルやスズの部屋以外の空き部屋もそこそこ多くある。

スズは王都に戻ることも多く、シルも師匠の下へ帰ることが多いし、マジクも竜神王の下へ帰る際は長期にいなくなるのでレオ一人になることもある。

朝食を終えたレオは、マジクと二人で片付けを終えた後、とりあえずギルドハウスへ向かった。

「おはようございます」

「おはようございます」

受付の女性の挨拶に笑顔でレオは返す。

雑に返したり返事もしない粗野な冒険者も多いので、実はこれだけでも好感度が高くなることをレオは知らない。尚《なお》、マジクは人見知りなのでレオのマントをギュッと握りしめてレオの後ろからひょこっと顔を覗《のぞ》かせている。そんな姿が可愛《かわい》いと思われている。

この街ではマジクもレオのパーティーメンバーだということは知られているので、流石《さすが》にマジクがフードを脱いでいても誰かに後ろ指を差されるということはないのだが、それでも警戒心があるというのは余程嫌なことがあったのだとレオもマジクの様子に心を少し痛める。

マジクからすれば、今は自分がそういった扱いを受けることで、レオが傷付くのを知っているので警戒しているといったほうが正しいのだが。

「今日はお二人なんですね」

「ええ、シルが師匠にまた呼ばれたとかで急いで街を出たので」

帰ってきたと思ったらまた慌ててシルが街を出ていった。念話が飛んできたとか言っていたが、スズもマジクも「念話」って何？　とポカーンとしていた。レオはなんとなく察することは出来るが、つまりシルの師匠が『オリジナルスキル』を開発し使ったということであった。

正確には既存のスキルの応用らしいのだが、どっちにしてもチートじゃんとレオは羨ましがった。

レオがクルスから聞いた話、シルの師匠は「恐らく『伝説の魔導師』と呼ばれている人」とのことだった。白魔導と黒魔導を極めた唯一の人、とのことであり、その活躍は嘘《うそ》か真《まこと》か百年程前から噂《うわさ》があるとかなんとか。

レオはなんとなく、それ人じゃないんじゃね？　と思ったが、白魔導も極めていると教会からも認識されているということで、人じゃないんじゃとクルスに言うのはやめた。人と魔族が戦争をした時、教会は避難場所であり、食えぬ人に食料を分けたり、人々の生活を支える拠《よ》り所《どころ》となった。今でも田舎では教会に子供達《たち》が集まり文字の読み書き等の教育を行っている必要不可欠な場所である。

そんな教会だが、戦時の経験からか人至上主義とでもいうか、直接的に言及はしないが魔族に対して排他的なことは間違いないのだ。

だからレオはクルスに魔族なんじゃ？　などとは言わなかった。

「今の所、『白獅子《しろじし》』に直接の依頼は来ていませんよ」

「そっか、ありがとうございます」

またニコリと笑いレオはギルドを後にした。今日のノルマは完了である。さて、近くの森で修業でもするかなと思ってパーティーハウスに戻り準備をしていると思ったより大分早くシルが戻ってきた。ちょうど玄関近くにいたので出迎えたレオがシルと、一緒にいた魔女な格好をしたロリっ娘《こ》を迎えた。

「ただいま戻りました。あと師匠も一緒に……」

「邪魔するぞ！」

「おかえりシル。……ふむ」

このロリっ娘がシルの師匠。どう見てもロリっ娘。魔女のコスプレをしたロリっ娘である。流石シルの師匠。なんでもありか。

「なんじゃ言いたいことでもあるか？」

「いえ、シルのお師匠さんですね。初めまして、レオと言います」

「ほう？　見かけで判断はしないという訳じゃな？」

感心感心と頷《うなず》くシルの師匠と、どう見ても十歳くらいな魔女百歳超え、まあそういうこともあるかと前世の感覚的にレオは謎の納得をした。

「ワシがシルの師匠リィナじゃ。齢《よわい》二百五十になる。労《いた》われよ？」

「分かりました」

「くっくっく。シル、レオとやらは凄《すご》いのう。ちゃんと信じておるぞ。いや、ワシも嘘は言っておらんが、初対面で信じる奴《やつ》なぞおらんかったぞ。ちなみに人間じゃないぞ」

「あー、やっぱり？」

そりゃあそうだろうなとしか思わなかった。

「信じている上に敵意もなし、か。『民の英雄』とか言われているそうじゃがそれでいいのか？　ワシが害意を持ってこの街に来ておるのかも知れんぞ？」

「あ、あの！　リィナ師匠はそんな人じゃなくて！」

「いいから黙っておれシル。……でどうじゃ？」

「いやー……もし害意とかいう奴があるならわざわざシル連れてここに来るかなって思うけど、そもそもシルを育てた師匠がそういう……ヒト？　マゾク？　だとは思わないっていうか」

シルの師匠なら変な人だろうが悪い人ではない、そういう確信はある。シルが悪い子じゃないからね。

「魔族自体に敵意もなしか。そこのミックスルーツの子の影響か？」

「レオは誰にでも優しいもん！」

奥からこっそり覗いていたマジクが叫んだ。なるほどなるほどとリィナは頷いた。

「ミックスルーツの子……確かマジクと言ったかの。誰にでも、は違うぞ。きっとお主らの敵には恐らく容赦せんだろう？」

「それは……そうだけど」

「『民の英雄』なんて勝手に言われてるだけだし。俺は仲間優先だからね」

英雄なんてもんはそれこそロサリアさんとかに相応《ふさわ》しい。俺は相応しくない。精神性がダメだと思う。そういう気質じゃないのは自分が一番分かってる。

「うむ、お主はそれで良いだろう。シル、良い男を見つけたな」

リィナが訪れた理由は単純であった。シルが付与魔導をもっと強化したい旨をリィナに申し出て修業し、スキルの変質に成功したのち。

「……でも回復魔導はやっぱり覚えられない。……街の人以外は私達のことを悪く言う。『戦えない英雄のお荷物』だって。レオはその度に怒ってくれるけど迷惑掛けてる……。レオに迷惑を掛けるのは嫌……。迷惑掛けて嫌われたらもっと嫌……。嫌われるくらいならパーティーを辞めてレオから離れたほうが良いのかな……」

と、いつも通りシルが項垂《うなだ》れて戻るのを憂慮していたからだ。


シルからリィナが聞いた話では常にレオは付与魔導の素晴らしさを周りに語り、探索スキルの重要さを周りに語り、その強力すぎる黒魔導の凄さを周りに語り、パーティーメンバーの凄さを周りに説いているらしいのだが、実際戦っている様子はレオ一人であると周りから見られ揶揄《やゆ》されることもあるのだとか。

そのことをシルは深く悩み、リィナはそのレオとやらの様子を観《み》に来たのだ。

だが、元々そんなに心配はしていない。本当に興味本意で観に来ただけというのが正しい。

何故《なぜ》ならシルの付与魔導を『相互の信頼』の分だけ効果が出るように変質させたのはリィナである。それはレオがシルを信頼するだけ、シルがレオを信頼するだけ効果が増す。つまり相手がシルを信頼しないと効果が出ない、ある意味恐ろしい魔導に変質しているのである。

だから最早《もはや》レオ専用となっているし、その魔導の本質を見抜いたクルスが、効果が増したことを確認したことでレオの皮膚を千切りかけたのである。

『相互の信頼』がなければ成り立たない魔導などという、不完全とも言える魔導が完全に成り立っている時点でリィナは心配していないのだ。

ただ、魔導を変質『させる』ことが出来る、しかもある意味人を絶望させかねない形に変えたリィナはやはり人とは感性が違うと言えるだろう。私には使えないとクルスが言うのも無理はない。

「久しぶりに面白い男に出会ったのう。何かくれてやりたいくらいじゃが……。ふむ……うん？」

チョコチョコとレオの下に駆け寄りリィナがレオを見上げた。レオもリィナを見下ろす形で観る。そう、観た。

「お主の眼《め》……左眼。それは無理やり繋《つな》げておるのか？」

「!?　分かりますか」

「繋げておる、というより繋げられた、か。なるほどのう。よし、ワシが安定させてやろう。何、その類の人体改造は得意分野じゃ、安心せい」

「……一気に不安になってきた」

人体改造は得意分野。とんでもない言葉に流石のレオも引く。

「マジクとやら。お主も手伝え。この眼からはお主に近い力を感じる」

「分かるの!?」

そしてレオは思った。いやまあ確かにマジクの母の眼なんだけどなんで分かるの？　と。

「はっ！　ワシはシルの師匠じゃぞ？」

「うん！」

謎の説得力。マジクも納得した。レオも考えるのをやめた。

「シル、お主もじゃ」

「は、はい！」

ニヤリとリィナは笑う。

過去にマジクの母親から奪われ、代わりに無理やり埋められたマジクの母親の片眼、魔族の眼であるレオの左眼は確かに良く見えるが時に痛みを与えていたものだった。

レオを（強制的に）リィナが眠らせた後、マジクが魔力を込めた手をレオの左眼に当て、リィナもレオの後頭部から魔力を込めた両手を当てて、不自然に繋げられた視神経の調整をしていた。レオの顔から時たま吹き出す汗を、シルがタオルで拭き取る。

「ねー、シルのししょーさん？」

「なんじゃ？」

「レオの眼、なんで交換されたと思う？　レオは良く見えるだけって言ってたよ？」

マジクはずっと疑問だった。レオの眼に特殊な力を感じたことはない。スキルといった魔力の予兆も一切なかった筈《はず》だ。なのにわざわざ戦闘に長《た》けた魔眼との交換を無理やり行ったのか、己の母の行動が分からない。

「ま、それも事実じゃろうがな。こやつ、おそらく魔力がないじゃろ？　無に等しい程に」

「確かに……」

レオに魔力はない。それがスキルが生えてこない理由だとマジクは思っている。でもレオなら努力でマジクの想像を超えそうだから言わない。マジクはレオがやっていることを、レオが信じていることを信じているから。

「人間には大なり小なり生まれつき魔力がある。故に身体《からだ》のパーツ全てにその人間の魔力が馴《な》染《じ》んでおる。赤子ですら魔力が通っておらぬ部分がない程に」

「あ……」

「一から己の思うままに能力を宿せる眼なぞこの世に存在しない筈だった。だがレオの眼には一切の不純物が混ざっておらぬ。可能性の塊よ。それに気付いた奴で欲する者が出てくるのは至極当然だろうな。ま、普通は気付かんし気付いたからと作り直せる者なぞおらんのだが、ま、例外はおる」

新たに自分の好きな力を宿す眼を手に入れるという、現在の魔眼を捨てるだけの価値を己の母はレオの眼に見出《みいだ》したのだ。

気付いていればレオが傷付くのを防げたかも知れない。マジクは少し俯《うつむ》き唇を噛《か》み締めた。

「こやつ自身は己の眼をどうも出来んかったろう。本当に良く見えるくらいにしか思っておらんかっただろうし。なら片眼が魔眼に替わるのはこやつにとって悪くはない。そう思ったほうが良い」

「うん……」

リィナがマジクの様子を見ながら、シルの言っていた「『白獅子』は家族みたいな関係」という言葉を思い出す。それぞれがたまにパーティーを辞めたがるというのと、パーティーハウスから出ていくのは同じではないらしい。レオに迷惑を掛けたくないから同行したくなくなるけど、皆パーティーハウスから出ていくつもりはないということをシルから聞いた。おそらくレオに出ていくつもりがないことまで伝わってないんだろうなとリィナは思ったが敢《あ》えて言わないことにした。そういった衝突もまた絆《きずな》となるのだろうと思ったからだ。

「……よし、こんなもんじゃろ。マジクも良いぞ」

リィナがレオから手を離し、マジクも従う。

「お疲れ様でした」

シルの笑顔を見たリィナは、レオならシルを任せられるだろうと改めて思ったのだった。

Chapter 7 『蒼麒麟』レイラ

辛《つら》い。左眼《ひだりめ》がまじで疼《うず》く。シルの師匠に気付いたら寝かされていて、いや気絶させられていて目覚めたら手術？　とにかく終わってたんだけど。

左眼だけ見えすぎて気持ち悪いんだが。

正直バランス悪すぎて左眼を眼帯かなんかで隠すか本気で迷ったが、怪我《けが》して左眼を失ったみたいに周りから受け取られたら、シルが落ち込みかねないから我慢するけどさ。

今は一人で眼を慣らす為《ため》になんとなーく街ブラ中である。

元々左眼って気合い入れないとそんなに見えてなかったし、見えるのも魔力の流れみたいなもんしか見えてなかったから、突然視界が戻ると平衡感覚も少しおかしな感じである。

……これまた修業を基礎からやらないと、色々感覚が狂ってるんじゃないだろうか。しばらくは戦闘系の依頼は断ろうかな。そう思っていた矢先である。

「お前が『白獅子《しろじし》』か？」

「……そうだけど？」

なんかヤンキーみたいな女性に絡まれた。街の人間ではない。

蒼髪《あおかみ》ショート碧眼《へきがん》。拳闘士スタイルで背は少し低め。胸はある。顔は……なんとなく、ドレスでも着てたらめちゃくちゃお嬢様感が出そうな品がある気がする。なんとなくもったいない。

それにしてもタイミングが悪い。この街だと実力試しみたいに喧嘩《けんか》売ってくる奴《やつ》ももういないからちょっと油断していた。シルー、早くきてくれー。……呼ぶ手段がないオワタ。

「あの当代の『黄龍《きりゅう》』に勝ったらしいな。『黄龍』の奴、俺とは手合わせしやがらねえくせによお」

こいつ口悪いな。

「いやあんただれよ。それに別に『黄龍』には勝ってねえよ」

「俺はレイラ。俺こそが当代の『蒼麒麟《あおきりん》』。『五龍《ごりゅう》』最強だ」

「それは凄《すご》いね。じゃあこれで」

なんだ頭おかしいだけか。関わらんとこ。俺はスタコラサッサと逃げ出そうとした！　しかし回り込まれた！

「待て待て待て待て。流すなぶち○すぞ」

うんこなら流して終わるからまだマシと思ったけど口にしなかった俺はエラい。

「ええ……、俺『蒼麒麟』に用事ないし」

「『白獅子』は『黄龍』より強い。俺がお前に勝つ。『蒼麒麟』は『白獅子』より強い。つまり俺最強」

最強厨《さいきょうちゅう》かよ面倒臭え！　自称最強とか格好悪。だいたい俺そんなもんに拘《こだわ》りないっての。

「おめでとう。あんたの不戦勝だ。じゃあこれで」

「チッ……、舐《な》めんな！」

『蒼麒麟』、確か対人戦特化型で気性が荒いとかロサリアさんが言ってた気がする。「気をつけたほうがいい。私は立場上、相手も無理やりは仕掛けてこないが、君には仕掛けてくるかも知れないよ」とか言ってたなあ確か！　ロサリアさん、街中で仕掛けて来やがったぞコイツ！

右眼で相手を、左眼で相手の魔力の流れを観《み》る。右手に魔力集中、ぶっ放し系か！

視線は俺の正中線を捉えてる、速いがギリギリ避けられる！

背後から轟音《ごうおん》が響く。

流石《さすが》に民家等は狙わず地面に着弾したようだが、あんなん喰《く》らったら死ぬ。何街中でぶっ放してんのコイツ！

「余裕ぶってギリギリまで見極めて紙一重で躱《かわ》すか、気に入らねえ」

違いますー。

最速で躱してこれですー。避けられたことを褒めてほしいくらいだわ。話しながらもまた両腕に魔力集中……連撃、いや乱撃か!? グミ撃ちは雑魚には効くからやめてください!?

両腕から連続で撃ち出される気弾。花火でも打ち上げているかのような爆音が街中に鳴り響く。

ああ避けるのに精一杯で何も出来ねえ!

「先読みでもしてやがるみたいに器用に避けやがるな気持ち悪い!」

「……!?」

ただひたすら速く、威力が馬鹿高いが射線が素直なお陰でギリギリ避けられてはいるけど、それでも避け……後ろに子供!?

「当たった! ……チッ、馬鹿が。ガキになんて俺が当てる訳ねえだろうがよ」

「……俺がお前を信用出来る点がまったくない」

後ろの子供を庇《かば》うように立った結果、腹部に着弾し、爆発。身体《からだ》は後ろに弾《はじ》き飛び跳ね、バウンドした身体は偶然立ち上がった状態で止まった。

偶然だけど、なんか平気ですよみたいな感じ出てて笑う。

後ろにいた子供の頭を撫《な》で、この場から離れるように促す。お腹《なか》から血、だらだらな状態で怖かっただろうごめんな。

って流石にギャラリーが集まって来た。俺のボコられショーが始まるだけなんで解散してほしい。

「『白獅子』様!?　一体!?」

「おい、あっち『蒼麒麟』じゃないのか!?」

「なんで『五龍』が争ってるんだ!?」

「『白獅子』頑張れー!」

「レオ、そんな奴に負けるんじゃねえ!」

ああ、なんか応援されてる。いや俺逃げたいのよ。ていうか誰か止めてほんとお願い。

「ま、その程度じゃくたばらねえよなあ!　抜けよ剣をよ!　……はっ、本当に数打ちの剣を使ってやがる!」

俺の抜いた剣を見て笑う『蒼麒麟』。

うるさいですー。俺には伝説級の剣なんですー。実際伝説級の装備で固めていたロサリアさんとも撃ち合えたから問題ないんですー。

……シルの付与魔導があれば、ね。

「レオ!」

ギャラリーからシルの声が聞こえた。身体が軽くなる。力が漲《みなぎ》る。声のほうを見るとシルが怒りに震えるマジクを押さえながらこちらに付与魔導を掛けてくれていた。

ありがとう。あとやべえ。マジクの怒りで街がなくなるかも知れない。

とりあえずシルとマジクにいい笑顔でサムズアップして落ち着かせる。

「余裕ぶってんじゃねえぞ！」

レイラが近接格闘に切り替えた。先程までと違い、今度はちゃんとギリギリまで見極めながら拳を、蹴りを、肘を、膝を躱す。

全身に魔力を溜《た》めている、一つ一つが必殺になりうる攻撃だが、俺の右眼は相手の動きを正確に見極める。

……見極められるだけだからシルの付与魔導がないと身体が付いていてこないんですけどね！

左眼。おいおい相手だけじゃなく街一帯レベルで見えるぞ何コレ気持ち悪。集中、集中。お、相手だけに絞れば発動の予兆っぽいのまで分かるな。これなら実践で試すのが一番良さげ。

相手も弱すぎないしちょうど良い。

「くそ、当たらねえ！」

ふむ。一撃の威力はロサリアさん以上。ロサリアさんがスキルを使ってるレベルの攻撃をスキルとかじゃなくただただ撃ち込む化け物。でも正直、比べるまでもなくロサリアさんのほう

が遥《はる》かに強い。攻撃が素直すぎる。擦《こす》れば勝つみたいな感じではあるけど……。こいつ、同レベルや格上との実戦経験少ないな？　俺なんて格上としか戦闘してこなかったレベルやぞ？

「ここ、ここ、そこ、んでここ！」

魔力の溜まり始めた部位を狙い剣の峰で殴る。魔力が分散する。相手が溜めようとする。散らす。

「嘘《うそ》だろ……ありえねえだろこんなの……」

すげえ。これ相手のスキルキャンセル出来るじゃん。溜めようとした瞬間、その部位を殴る。殴る。殴る。気が付けばレイラの全身から魔力が抜けボコボコに殴っている感じになってしまった。テンション爆上がりの俺と対照的にレイラの顔から悔しさが滲《にじ》み出る。

そして膝を突いたレイラと見下ろす形になった俺にギャラリーから歓声が上がる。

やめてギャラリーさん。多分コイツキレると面倒だから本当にやめて。

「街中だしこの辺でやめよう。……この辺りの修繕費は出せよ？」

シルのバフが入ってからは一方的になってしまったので、ボロボロになって膝を突いている『蒼麒麟』に停戦を促す。別に相手をボコりたい訳ではない。

まあバフ入るまではボッコボコにされてましたけどね！

「チッ……しょうがねえな。俺の旦那にそう言われちゃあな」

「じゃあこれで手打ちで……旦那?」

あれ、耳おかしくなった? 何、旦那? ん?

「俺より強い奴を俺の旦那にするって決めてたからな! 宜《よろ》しく頼むぜ旦那様!」

もしかしてロサリアさんが対戦避けてた理由ってそういう……?

いやなんかシルとマジクがすんごい顔してこっち見てる。違うよ? 何にも賭けたりしてないよ? いや本当に勝ったらこの娘《こ》を好きにとかなんにも賭けたりしてないんだって! そんな顔しないで!

この後めちゃくちゃ誤解を解いた。

あとなんでかうちのパーティーハウスにレイラが住み着いた。俺の実力は皆のお陰だから断然レイラのほうが強いって説明しても「それも含めてお前の力だろ?」って言って聞いてくれない。なんなの本当。

◆◆◆

「うちの妹が本当にすまない」

「いやロサリア兄様が謝ることじゃねえよ」

「誰のせいだと思ってるんだレイラ！」

ロサリアさんが頭を下げるとまじでなんか申し訳なくなるからやめてほしい。

突如慌てた様子でうちのパーティーハウスを訪ねてきたロサリアさんに初手謝罪された。

とりあえずうちの居間に案内して、なんだかんだと今出掛けているスズ以外が集まっている中でロサリアさんが頭を下げた。王族なのにそんな簡単に頭を下げないで。皆マジで驚いてたから。

てか妹だったんかい。道理で格上との対戦経験少なそうな訳だ。王族の喧嘩屋とかマジで喧嘩したくないもん。勝っても社会的に死ぬやろそんなもん。全員負けるわ権力に。俺今冷や汗ダラダラなんだが？

「いや俺もうここに住んでるし、このパーティーに入ったし」

「勝手に住み着いただけだしパーティー入るの認めてないからロサリアさん引き取ってください」

いまマジで帰ってくれないかな。なんか馴染《なじ》んでるけど。他の皆は何故《なぜ》か仕方ないなーって受け入れてるけど。なんで？　え、レオだからそういうこともある？　俺どういう扱いなの？

「はあ!?　俺『五龍』だぞ!?　俺のパーティー加入って断る理由あるのか!?」

「まあぶっちゃけ……邪魔かな」

「おいおいおいおいおい俺にそんな口利いた奴初めてだぞ！　流石俺の旦那だな！」

嘘だろコイツ。いや正論だと思うんですけどなんで笑ってんのこの娘。

「レイラはなんで嬉《うれ》しそうにするし。旦那でもねえしロサリアさん助けて」

「いや……本当にすまない」

気付いた時には空き部屋に勝手に住み着きやがってたからなコイツ。家の中で暴れられたら堪《たま》らないからとなんとか説得してたけど無意味。謎にテーブルマナーとかふと出る仕草に気品があって絶対貴族出身の放蕩娘《ほうとうむすめ》だなとか思ってた。

どこからか聞きつけたロサリアさんが駆け付けてくれた時はマジで神だと思ったね。

結果『蒼麒麟』はおもっくそ厄ネタだと思ったけど。

「レイラさんがパーティーに入るなら私も入ってもいいんじゃないですかね？」

バーンと扉が開かれた先に現れた『聖女』クルスさん。

……いやなんでいるのほんと。

「クルス!?　何故ここに君が!?」

ロサリアさん、そんなクルスさんを見て露骨に狼狽《うろた》える。

え、なんか仲悪かったりするの？　ロサリアさんの狼狽える姿が見られるとは思わなかったんだけど？　そして見たいとも思わなかったんだけど？

「え、なんでクルスさんまで来るの」

「あ、やっほークルス久しぶり！」

「お久しぶりです、レイラさん」

あ、クルスさんとレイラも知り合いなの。へーそう。マジで頭痛くなってきた。そしてクルスさんを見たシルがプルプル震え出した!?

「……『五龍』が二人も加入して……しかも一人はクルス様……もう……私用済み……」

「シル、一回落ち着こう。用済みなんて絶対そんなことないし、そもそもあの二人パーティーに入れないから」

「そうだぜシル、あんたがいてこそレオも最大限の力を発揮するんだから必要だろ。それになんでかクルスは入れないらしいから安心したら？」

「元凶のお前が言うんじゃないレイラ！」

そうだお前は怒られろ。頑張れ皆のお兄様。

でもロサリアさんに怒られてもケロッとしてるなコイツ。さては慣れてやがるな？

「白魔導の使い手が二人いても問題ないんじゃないですかね？」

いやクルスさん、そこは問題があるんだよ。『白獅子』としては。

「クルス、君は今、神殿騎士団の最高位の騎士達《たち》とパーティーを組んでいたんじゃないのか？

彼らに問題が？」

「辞めましたよ？　問題、ええ些細《ささい》なことの積み重ねですが」

「……その問題は後で私に詳しく聞かせてくれるかい？」

「たまに不埒《ふらち》な視線を感じるとか、命を賭す程の信用はしてもらえないとかそんなことです」

マジかよ。クルスさんがいればどうせ死なないから敵陣に適当に突っ込んでてもなんとかなるのにやらないのか。いやまあ文字通り死ぬほど痛いんだけど。

「聖女である君にそんな……」

「いやクルスさんはそのちょっと胸の露出があって、謎の下穴開いてる改造修道服着るのやめろ」

俺は率直な意見を述べる。

「でもレオさんはそんな視線私に向けないじゃないですか！　後この穴は蒸れ対策です！」

知らんがな。男の視線をブラックホールの如《ごと》く吸い寄せる穴だろそれ。クルスさん見る時、首から上だけに集中するの大変なんだからな。スズがいたらすっごい顔して睨《にら》んでるぞ。いやスズみたいなスレンダー体型好きも多いから安心していいんだけどね、本人気にするからいなくて良かったかも。

「……神殿騎士団に正式に抗議文を送るか」

俺のしょうもない思考とは別にロサリアさんは真剣な顔で検討している。真面目やな本当に。

「ロサリア、王国と教会の関係が微妙な時期にやめてね？」

「しかしクルス、君が……」

「え、なんやコレ。『五龍』が四人もおるやんウケる」

ロサリアさんとクルスさんがなんか聞いちゃまずそうな話まで始めてしまって俺帰りたいとか思うが、ここがお家なのでどうしようもねえ詰んだわとか考えていたら、うちのパーティーの常識枠がこのタイミングで帰ってきた。

「あ！　スズおかえりー！」

「おーマジクただいま！　相変わらず可愛《かわい》いなあ！」

「おースズおかえり。いま取り込み中でな」

よーしよしよしとスズが飛びついたマジクを撫でる。

スズがいればなんとかなる、うちのパーティーはそういうふうに出来ています。

「見たら分かるわ。クルス様おるからシル震えてるやん」

うん、プルプル震えている。可愛い、じゃなかった可哀想《かわいそう》。大丈夫絶対うちにいてもらうからねシル。

「え、シルさん震えてるの私のせいなんですか？　私はシルさんと仲良くしたいのですが。シルさんの付与魔導凄いですよ？　私では絶対にあの効果は出せませんし」

『聖女』をして絶対無理と言い放つシルの付与魔導。バグかな？　クルスさんもバグみたいな存在だけど。

「いや、あの違くて、クルス様が悪いんじゃなくて！」

「うーん。なあレオっち。ちょっち状況が分からんから説明してくれるか？」

分かりました。かくかくまるまるしかじかということです。

「なるほどなあ。『蒼麒麟』が王族だったって話は初耳やなあ」

「俺が内緒にしてもらったからな！」

どやあとレイラが胸を張る。ほら、その胸を一瞬すんごい顔してスズが睨んだ。やめてあげて。

「んでレオっちがその『蒼麒麟』をど突き回したら旦那宣言されたと。んー、ロサリア様。レオっちの首は大丈夫なん？」

「王家としては、『蒼麒麟』の私闘に関して結果に拘《かか》わらず一切の口出しはしないとしているから問題ないよ。まさか勝った相手を旦那にする為に旅をしていたとは思わなかったが」

だよねえ!?　それはそうだよねえ!?　ほんと意味分からないもんね。

「だって素性がバレてたら本気でやってくれねえだろ。それに俺、大体の奴は気弾がカスりさえすれば勝ちなんだぜ。全戦全勝だったんだからいいだろ」

「だからあんなに気弾の射線も動きも素直だったのか……」

　思わずしみじみと言ってしまった。

「おい待てレオ。めちゃくちゃフェイントも混ぜてたろ脳筋みたいに言うな。流石にそこまで脳筋だったら『蒼麒麟』にまでなれてねえわ」

「……え？　あれで？」

　フェイントってどれだったんだ？　グミ撃ち？　全て見て全て避けるだけだったからマジで分からん。

「うわ、本気で言ってやがるコイツすげえ！」

「レイラ、嬉しそうにするな。ふむ、レオ。君は身体強化なしでこの私と試合をしてもスキルなし、純然たる技量のみで最後まで闘えた。この意味を考えたほうがいい」

「え、ロサリア兄様と……？　何それ化け物じゃん」

　王族兄妹が呆《あき》れた顔で俺を見る。そんな顔で見られても困る。

「んー、話それたわ。で、レオっち的にレイラ様もクルス様もパーティーに加入は認めんっちゅー訳やな」

「もち」

レイラは面倒だからNG。シルが悲しむのはもっとNG。

「おいおい別に前衛が一人増えてもいいだろ」

「そうです。白魔導の使い手が一人増えてもいいじゃないですか！」

「いやレイラ様は……旦那の件は置いといて、なんでそんなに『白獅子』に入りたいん？」

「ここにいればレオといつでも手合わせ出来るだろう！」

「……思ったよりただの脳筋やったわ。んー、ロサリア様。王家から『白獅子』への依頼で『蒼麒麟』との合同訓練みたいな形を取れへんかな？　レイラ様が手合わせしたい時は毎回王家から依頼してもらう形で」

「それなら私から話を通しておけば可能だが」

「なら依頼で頼むわ。それなら王家も『蒼麒麟』の現状把握も出来て一石二鳥やろ？　レオっちも、依頼が来た時に手合わせ付き合う形ならええやろ？」

「まあ依頼なら」

「ロサリア兄様！　すぐに依頼してくれ！」

「レイラ、分かったから。……放蕩娘に首輪が付くか。スズ、君に感謝をしなければならないようだ」

「かまへんかまへん。ウチはレオっちの為に言うてるだけやし。……で、まあクルス様は……今回はとりあえずあきらめてもろて」

スズがクルスを思ったよりばっさりと斬った。

「そんな!?」

「クルス様、ぶっちゃけウチ今回のやり方、気に入らんからなあ。気付いとらんと思うてたら大間違いやで?」

「う……でも、だって」

「いやクルス様が純粋な気持ちで暴走しちゃったのは分かるから。レオっちにも言いはせんけどな。せやから今回は引いてや」

「……はい、分かりました」

「何の話?」

「女同士の話やレオっち。クビ突っ込んだらあかんで?」

「へーい」

「よーし話は纏《まと》まったな。て訳でロサリア様。二人をよろしゅう!」

「あ、ああ。君は凄いなスズ」

「こんなん孤児院のチビ達に比べたら可愛いもんや」

あれだけカオスだった場がスズが来て一気に纏まった。流石孤児院の皆のお姉さんなだけある。

ロサリアさんはクルスさんにセクハラ的目線をしたらしい神殿騎士団に対して、王国騎士団と神殿騎士団との合同訓練を要請。これが開催され、ロサリアさん対神殿騎士団全員というなんで了承されたか分からん戦いを無理やり行い、勝利するとかいう快挙（暴挙？）を成し遂げ、歴代最強の『黄龍《きりゅう》』とか言われ賞賛されている模様。そして貴族側と教会側とに若干の亀裂が生じた模様。

何してんのロサリアさん。ついでに御前試合でロサリアさんと引き分け扱いだった俺氏の株が勝手に上がる始末。迷惑。

「はぁー。俺もやりたかったぜ」

勝手にうちに棲《す》み付いて寛《くつろ》ぎながら、クルスさんの話を聞いて残念そうにしているバトルマニアお姫様。というかクルスさんなんでおるん？

「あの……レイラさんの客として来られたので……」

あ、そうなん？　いやシルは一ミリも悪くないから気にしなくていいよ。

「でもさ、それ大丈夫なのか？　王国騎士団と神殿騎士団の関係、政治的に」

「表向きは、両騎士団のパワーバランスを保つ為《ため》にあえてロサリアが力を見せ神殿騎士団に奮起を促した。しかし神殿騎士団側も『朱天狐《あかてんこ》』を出さず『黄龍』の力を見定める余裕を見せた、みたいな筋書きにするらしいわ。実際はロサリアの安い挑発に乗った神殿騎士団がボッコボコにされて、教会は騎士団にもロサリアにも怒り心頭らしいけど」

「やだやだ、面倒。王宮にいなくて良かったわ……ぜ」

「私も外に出てて良かったわ」

「あのお二人……もしかしてとんでもない話してません？」

「聞いちゃ駄目だシル。絶対関わっちゃいけない案件だから」

俺達《たち》はあくまでも冒険者であって、王家縁《ゆかり》の者でも教会の人間でもない訳で。

あんな面倒な話をただの世間話みたいにうちのパーティーハウスでやるなっつーの。

スズは料理しながらしっかり聞き耳立ててたみたいだけどね。

ともかく面倒事に巻き込まれる前に逃げる為に適当に依頼を受けて、我ら『白獅子《しろじし》』は廃城に向かい、そこに棲みついたとあるモンスターの討伐、及び廃城の中にある、とあるアイテムを探すことになったのだ。

いやだって絶対巻き込む気だもんクルスさん。じゃないとあんな話堂々としなくない？　ここが一番安全ですからって俺達の安全はどこへ？

という訳で適当な依頼を受けたってこと。現実逃避に加えお金も稼げる。一石二鳥だね！

廃城、多いんだよねこの世界。なんでだろうね。朽ち果てて誰も使ってない城。罠《わな》とか多くて盗賊も棲みつかないいんだよね。ともかく依頼にあった廃城に着いたと同時に中から見たことがないモンスターが飛び出してきた。

うん、報告通りではあるけれども。結構色々な所を旅してきたつもりなんだけど、まだ見たことないモンスターもいるもんだねーとか軽く考えられる見た目をしてないんだなコイツ。

見たことないけど見たことある見た目してるわ。

キメラだキメラ。色んなモンスターを継《つ》ぎ接《は》ぎにしたような奴《やつ》。趣味悪。いやモンスターをキメラにする研究とかあるの？　やばい匂いしてきたなこの依頼。ともかくモンスターが出てきたと同時に俺の身体《からだ》にシルからの付与魔導が掛かる。さすシルですわ。そしてスズがマジクとシルをささっと安全地帯に誘導する。ここの廃城までピクニック気分で来られたのはスズのお陰。さすスズ。マジクが「頑張れー！」と言ってくれる。可愛《かわい》い。よし勝ったなコレ。

「どっせい！」

なんか獅子とか蛇とかなんとかかんとか適当に合わさったような、合成獣的な奴の羽を斬り落とす。羽あるから飛べそうだし飛ばれたら面倒だから。

おっと口に魔力を溜《た》め始めた。なんかされる前に返す剣で黒いアザのある首をさくっと落とす。スキルなり魔導なり、なんでも発動前に何かやろうとすることが分かるの便利だねこの左《ひだり》眼《め》。……首と背中に魔力発生？　うえ、羽も頭も再生しやがった。

「なんやアレどないなっとるん？」

「分かりません、あんなモンスター見たことありません。レオさん！」

「こっちは平気だから適当に隠れてて大丈夫よ！　シルの付与は相変わらず完璧よっと！」

滑るように大地を蹴り一太刀で左前脚と後ろ脚をスパーンと斬り飛ばす。自分でも訳分からん速さである。スキル？　何それ使ってないよ。シルのバフ乗ってると、どう考えてもスキル使ってる奴より普通に攻撃したほうが強い。脳筋最高！

うーん、にしても斬り落とした部位はまた生えてきた。不死身かコイツ。頭切り落として駄目ってことは脳じゃなくて心臓狙えばいいのか？

「レオ、私がやる？」

マジクが珍しく声を上げる。

「いやマジクはステイで。この城がいまなくなると……」

「う……やっぱり私迷惑なんだ……やっぱり私パーティー辞め」

「マジク、迷惑じゃないからコイツぶっ飛ばしていいよ！」

「うん！　分かった！」

マジクの泣き顔には勝てない俺。やりすぎて城が消滅する可能性も考えたが、廃城がなくなるのとマジクが泣くの、どっちを取るかって言われれば当然廃城がなくなるほうである。依頼？　そんときは城なくなってたって言い張るから平気平気。

マジクが杖《つえ》を握り何かを唱える。そんなスキルあったっけ？　オリジナル？　ああ、そういう……。マジクも大概バグみたいな存在だから何でもありになってるんだよな。そうこう思っていると目の前のキメラモンスターが消えた。うん？　消えた？　マジクを見るとドヤ顔をしている。可愛い。

「すげーなマジク、どうやったの？」

「地中深くに埋めてみた！」

埋めてみた。ほう。……え、一瞬で？　左眼で地面をよく見ると、地中奥深くにさっきまで対峙《たいじ》していたモンスターの魔力反応がある。……生き埋めか。確かにどんだけやっても再生するなら最適解かも。

「凄《すご》いなマジク！　……俺の身体も半分埋まっちゃってるからそれだけどうにかしてほしいかな！」

「ごごごごめんなさーい！」

いやまあ腰までだから抜け出せるけどね。

とりあえず味方も沈める可能性あるから禁止で、とだけマジクには伝えといた。俺だけだから良いけどシルやスズを巻き込む可能性があるのは流石《さすが》に駄目なんだよ。

そんなこんなで合成モンスター的な奴を倒し、廃城に入ってみたんだけれども。「なんやココ？」と様々な城に詳しいことに定評があるスズが、門を開け馬鹿デカい玄関ホールを一目見て違和感を覚えたらしい。

俺にはなんにも分からん。

ツカツカと歩き正面の壁をスズが蹴り飛ばすと、壁、いや隠し扉がバタンと倒れた。すげえ。なんで分かるんだ。扉の中は……っと。

「地下階段？」

「せやな。うん、隠し階段作るにしても場所がおかしいわ」

「そうなの？」

「城やからな、そりゃ外に通じる隠し通路なり見られたくない隠し部屋なんて普通にあるとこ多いけど、こんなんアクセス良すぎるやろ。むしろここがメインって感じや。これ、城なの多分ガワだけやな」

ほえー。全然分からん。

「なんなんでしょう……」

だよね！　シルも分かんないよね！　よし俺だけじゃない！

「ま、行けば分かるんちゃう？　みんなウチの後ろから離れたらアカンよ」

シルが不安そうに杖をギュッと握りながらスズの後ろを追い、俺はさっきの失敗で落ち込むマジクを気にしてないよーと撫《な》でながらその後を追う。

階段を下りると自動で壁の蠟燭《ろうそく》が灯《とも》る。貴族の家にある便利な魔導が仕込まれてるな、なんて思いながら階段を下りると地下フロア一帯に明かりが灯った。

「ひっ……」

「……きっしょい研究しとるな」

「……ッ」

合成モンスターの研究施設、なんだろうなココ。数々の巨大な水槽の中に眠る（いや死んでいるかも知れない）モンスターや、切り刻まれたモンスターやらが浮いていたり。一番奥の割れてる水槽から飛び出したのがさっき対峙した奴かな、なんて思ったりするが。

「これ受けちゃ駄目な依頼だったな。みんなごめん」

どう考えても厄ネタ。しかも見ちゃったから関わるしかなくなった。あんまりこういうのに皆を巻き込みたくないってのに。

「ウチの情報にも引っ掛かってなかったし、しゃーないやろ。にしても、見てもうたんどうしよっか。……ここのモンスターの残骸、全部首に黒いアザあるな」

「この城消す？」

「胸糞悪《むなくそわる》いから消し飛ばしたいのは山々なんだけどね。……ここ吹っ飛ばしたらそれこそ見ましたよーって言ってるようなもんだしな」

「なら見てないフリするん？　ウチはそれでもええけど、絶対この研究施設の資料やら研究やら利用されるで？　貴族側か教会側かは分からんけど……タイミング的には教会案件かいな」

↓見なかったことにする
多分キメラモンスターを量産し戦争の道具にする。内乱の可能性大。たくさん人が死ぬ。駄目。

↓消し飛ばす
間違いなく秘密を知ったことで狙われる。俺だけなら良いけど皆がいるから駄目。

「……とかどーせ考えとるやろ」

「やっぱスズには分かる?」

「いやみんな分かるわ。……しゃーないな。ウチが『ルミナーレ』としてこの情報持って教会に交渉してくるわ」

「それだとスズが危険!」

「そうだ、シルの言う通りだ」

「せやけどしゃーないやろ。こういうのはウチが一番……って誰や!」

スズが誰もいない壁に向かって叫んだ。魔力反応もなかった筈《はず》の壁からズズズッと白衣を羽織った一人の女が諦めた顔で出てきた。緑髪でボサボサ頭。あまり身なりは気にしてなさそうな女。

「嘘《うそ》でしょ……。絶対バレないと思ったのに」

驚いているのか、呆《あき》れているのか。緑髪の女の表情は判断しにくかった。

「うちの看破スキル舐《な》めたらアカンで。……ってあんた『翠玄武《みどりげんぶ》』!? 人前に出るのが嫌いなあんたがなんでおるん!?」

やはり俺の眼よりスズのスキルのほうが看破する能力は上、ってえぇ……、こいつが『五《ご》龍《りゅう》』の『翠玄武』!? スズの言葉と同時にシルから俺に付与魔導が掛かる。俺も皆の前に立ち、剣の柄《つか》に手を掛けた。こんなとこに『五龍』とかマジかよ。

「ちょっ、待って待って！　『白獅子』とやり合う気なんてないわ！　ねぇ、『五龍』同士でやり合うなんておかしいじゃない!?」

「え、割と皆やり合ってる気がするが？」

クルスさん以外とは戦ったし。クルスさんとは不戦敗で。絶対負けるの分かってるから。

「いや国の最高戦力同士で何やってるの!?　馬鹿なの!?」

それはそう。ロサリアさんは国から言われたから仕方ないけどレイラ戦はまじでおかしいとは思う。でもそれはそれとして。

「お前を信用する理由がないし」

そう言って剣を抜き『翠玄武』に向ける。俺達の前でこそこそ忍んでた奴を信用出来る訳ないよね？

「降参！　降参よ！　私戦闘能力皆無なの！　私研究者なの！　『翠玄武』って学問畑の称号なの！　知らないの!?　狙われやすいからあんまり表に出なくて顔知られてないだけ！　なんでその娘《こ》が知ってるか知らないけど！」

戦闘力皆無。本当か？　いや多分ウソだな。なんとなくだけど。

「……つまり、ここの研究はお前が？」

「少しは話す気になってくれた？　ちなみに違うわ。『観《み》た』から『作れはする』けどね。……て怖い顔しないで。こんな品のないもの作らないわよ」

観たから作れるか。こういう分野の天才なんだろうな。『五龍』だしそういうのもいるのか。

「何故《なぜ》ここにいる？」

「全然言っても構わないけど巻き込まれるわよ？」

「それはお前次第だろ？」

スッと剣先を上げる。別にやっちゃっても良いんだよという意思表示。実際はやる気はないけど。どんな奥の手があるか分かんないしね。

「……分かったわよ。巻き込まれないようにするって約束するから殺気出すのやめて。……『四凶』の一人よ。ココで研究してた奴らは」

「『四凶』……スズ？」

「『四凶』は異民族の神を崇《あが》めとる国の敵『四罪』の四柱やな」

「そ、国家転覆を企《たくら》むテロリスト集団『四罪』の幹部。だからこの案件に教会は関係ないわよ。あんまり表に出ない私のことまで知ってるなんて貴女《あなた》の情報収集能力、ただの泥棒だと甘く見ていたかしら？　『ルミナーレ』さん？」

「――ッ」

スズを『ルミナーレ』と呼んだ。明らかな挑発。

……コイツ、脅す気か？　さっきの俺達の会話もバッチリ聞いてたみたいだな。よし！　殺そう。

「じゃあさよなら」

「待って！　私が悪かったから待って！」

もうやっちまうかと腹を括《くく》った俺。マジだと気付いた『翠玄武』が慌てる。止めたのはスズだった。

「……はあ、レオっち、ちょっと話聞こか」

「……まぁ、スズがそう言うなら」

「ふぅ、案外冗談通じないのね『白獅子』って。私の依頼主は王家長兄レミアハート様よ。で！ここを『四凶』がねぐらにしてたって情報から調査に来たわけなの」

「研究者が調査？　それこそおかしくね？」

「……ぶっちゃけるけど、私はレミアハート様お抱えなの。研究者なんてお金が掛かるでしょう？　貴族お抱えなんて普通よ普通。この調査はレミアハート様が私的に動いてるから私は使える駒として動かされただけ。私は最高レベルの隠密《おんみつ》スキルを持ってる……はずなんだけど。『ルミナーレ』には敵《かな》わないみたいね」

やれやれといった様子でため息を吐《つ》く『翠玄武』。つまりさすスズってことね。

「うん、とりあえず『四罪』なんて知らん。俺にとって今の問題は『ルミナーレ』の件だ。だからお前を殺す」

「ちょ、『白獅子』って温厚って聞いてたんだけど!? こっちは依頼主まで明かしたのに!? 私だって庶民の出よ!? 『ルミナーレ』のファンだもの、絶対黙っておくから!!」

「信用するとでも?」

「あーもう、じゃあどうしたら信用してくれるのよ!? だいたい貴方《あなた》達の所にはレイラ様もいらっしゃるじゃない! 王家側の人間からすれば、貴方達と仲違《なかたが》いすれば人質を取られてるようなものでしょう? クルス様とまで仲良《い》いんだもの! 貴方達と敵対するなんて、それこそどの勢力とも敵対するようなものじゃない!」

「レオっち、そこまでで。今までの言葉にウソはないで。ウチが『聴いとる』から間違いない」

「……でも」

「ウチらとアンタは会わんかった。ここの研究資料は全部あのモンスターが既に消し飛ばしとった。……誓えるか?」

「誓うわ! だいたいね、王家側からすれば『ルミナーレ』のやってることなんて可愛いものなの! 犯罪バラして私財を奪って民にばら撒《ま》く、それだけでしょう? 無能な馬鹿を勝手に制裁してくれてるんだから都合良いくらいに思ってるわよ、少なくともレミアハート様はね！

司法があるからそんなこと表立って言いはしないけど！」

「……レオっち。この娘消すのもそれはそれで面倒事になるの分かるやろ？」

「まぁ、スズが良いなら良いけど」

王家と教会の面倒事から逃げた筈なのにより面倒なことに関わってしまった件について。

どんな罠だっつーの。こんなん分かるか！

◆◆◆

ホスグルブ王城、ホスグルブ王家長兄レミアハートの執務室。

長兄レミアハートの前に『翠玄武』が報告に訪れていた。

「で、調査の際に『白獅子』達と会ったと？」

レミアハートは妙な場所で出会《でくわ》したものだと思ったが、モンスターの討伐依頼だというなら『白獅子』ならあるかと納得した。

「はい。あの、会ったと話をしたことは内密に……」

即刻バラしたとか知れたら、あの『白獅子』なら首を斬り落としかねない。でも報告しない訳にもいかない。『翠玄武』はため息を吐く。

「良いだろう。『白獅子』達はロサリアと良好な仲を築いているからな。弟が王になった時に弟が使える駒を減らしはしないさ。それで『四罪』の情報は手に入ったのか？」

「いえ、それがその……『白獅子』が『絡まれると面倒だから先に潰しとくわ』と言って『ルミナーレ』から得たらしい情報で『四凶』全員を既に倒してロサリア様に引き渡されておりま す……。近々ロサリア様が『白獅子』から得た情報を基に『四罪』の残党狩りに動く模様です」

「……は？」

何を言っているか分からない。レミアハートはそう返したが、言った『翠玄武』も私も何がなんだか分かりませんと答えるだけだった。

◆
◆
◆

「申し訳ありませんでしたー！」

勢いよくパーティーハウスの扉が開かれたかと思うと、スライディング土下座で入室してきたのは先日の『翠玄武』。……そういやコイツの名前知らないわ。

「えーと『翠玄武』、何が？」

出掛けようとしていた俺は、いきなり目の前に滑り込んできた『翠玄武』に嫌な予感しかしない。なのでとりあえず腰にぶら下げている剣に手を掛ける。その様子を土下座スタイルを崩さず見た『翠玄武』が焦りながら言った。

「話し終わるまで私の首を落とさないと言ってくれます？」

「……お前まさか」

やったなコイツ。ほんとどうしようもねえな。そんな気はしてたけど。

「いえ！　研究施設の中で行われていた研究については約束通り報告してません！　でも！　でもですよ!?　貴方達が『四罪』を壊滅させちゃったから出会ったことくらいは報告せざるを得ない状況になってしまったので!?」

否定し辛《づら》い。うーん。

「じゃあクルスさん呼んでから首斬り落とすか。大丈夫。落とした瞬間にクルスさんが繋《つな》げるから死ぬ前に繋がるよ」

首は落とす。でも死なない。マジックショーみたいだね。本物奇跡ショーみたいなもんだけど。

「ええ!?　あ、でもその感覚にはちょっと興味がないでもないかも……？」

あ、こいつ変態だわ。

「……脳が理解する前に吹っ飛んで繋がるのコンボになるから感覚的にはどうだろ。首がなんか熱いくらいじゃね」

「もしかして体験済みですか!? そういった趣味がおありで!?」

「どんな趣味だ！ 体験済みだけど趣味じゃねえよ！」

仕方なくだよ仕方なく！

別にやりたくてやった訳じゃないし！ 俺の首が飛んだから仕方なくだわ！

「いやレオっち、玄関でどんな会話しとんねん。中入り。ほら、『翠玄武』もや」

スズが奥から呆れ顔で中に入れと促した。ちっ。マジク用のお菓子を買いに行くとこだったのに。広間でボードゲームに勤《いそ》しんでいたシルとマジクとレイラもこちらをなんだなんだと見上げている。『翠玄武』は「うわ、マジでレイラ様いるじゃん……」とちょっと引いた顔をしていた。

つまりようやく名乗った『翠玄武』こと、セルキスの言うことを纏《まと》めるとこうだ。

王家長兄レミアハートは十年という歳月、王家の暗部『ガーデンナイト』を使いながら『四罪』と戦い続けていたらしい。そしてようやく、『四罪』を壊滅させる目処《めど》が立ってきて、その情報を全てロサリアさん率いる王国騎士団に渡し、国家の敵『四罪』の壊滅をロサリアさんの手柄とすることが目的だったようだ。

ん？　てことはあれ、俺もしかして余計なことした？　いや大丈夫だよね？　だって俺もロサリアさんに敵幹部を生け捕りにして引き渡したから結果は一緒だよね？

「レミアハート様は『ガーデンナイト』の情報力を上回る情報網と王国騎士団並み、いやそれ以上の殲滅力《せんめつりょく》を見せた『白獅子』に褒賞を出したいとのことでした。いえ、『この十年の苦労は一体なんだったんだろうな……』とか『「四罪」壊滅の為に投じた資産、いくら使ったかな……』とか遠い眼でブツブツ言ってらしたのは私は聞いてませんよ！　もちろん私どもとしても貴方方としても表立って渡すのは良くないでしょうから私がお待ちしました！」

なんかもはや『翠玄武』ってパシリみたいだな。この人めっちゃ頭良いんだろうにめちゃくちゃ苦労してそう。……ってやべぇ！　金塊ドサドサ目の前に積み出しやがった。うっわぁ。小都市一年分くらいの運営費になりそう。

「いや……多くね？」

「いえ、騎士団を敵壊滅に導入する金額に比べれば安いとレミアハート様はおっしゃっていました。何しろ『調子良かったからノリで五十四拠点潰しといたわ。残党は残り四つの拠点に逃げ込むように誘導してあるから後は宜《よろ》しく！』とか言われたのでこれくらいは当然だと。……つまりは貴方方と絶対敵対したくはないということかと」

あーうん。調子乗りすぎたかなー。最近左眼が馴染《なじ》んできて調子良いからヒャッハーやりすぎたな。

「というかここまでやって報告しないは無理があると思いません？」

「そう言われればそんな気がしてきたわ。しゃーないない。今回は首置いてけはやめといてやるわ」

「ホッ……。機密ベラベラ喋《しゃべ》ったかいがありました……」

「いやそれはそれでどうかと思うけどな」

コイツ自分が助かればどうでも良いタイプだな。……正直あんまり嫌いになれない奴じゃん。

「ついでに貴方もロサリア様を王にする協力してくれたりしません？」

「それついでに言うこと？　ていうかロサリアさん、王位継承権放棄してるって聞いたけど……？」

「王家長兄、次兄、三兄の継承権上位御三方《おさんかた》は無能ではありません。だからこそ、その御三方はロサリア様に王位をと動いていらっしゃいます。今は対外的に難しい時期ですので、強き『騎士王』こそ必要である、と」

えっ。いまとんでもないこと聞かされた気がするんだけど。後ろでレイラが「まぁ、兄様方ならそうするだろうなぁ」とかしみじみ言ってるからマジなんだろうなこれ。

「……っとまぁ、今言ったことは零分冗談なので！」

「いや本気やないかい！」

「あはは、いえ、ロサリア様のご友人でいてくれれば結構なのです。あの方も苦労してらっしゃるのですよ。王宮内でのしがらみに」

「別にロサリアさんとはそんなこと言われなくてもマブダチだし」

「ええ、それがいいのです。……と、長居してしまいました。それでは私はこれで！」

「あ、ちょっと！」

嵐のように現れ嵐のように去っていったなあいつ。セルロースだっけ？　なんか大変だなあいつも。とりあえず目の前に積まれた金塊一つだけ手に取る。これ一つで一年は暮らせるんだが。

「スズ、これ孤児院に寄付。残りも適当にばら撒ける？　こんな金、手元に置けないわ。……あ、欲しい人いたら適当に貰《もら》っちゃっていいけど」

金塊をヒラヒラ見せるもシルもマジクも首を横に振る。やっぱいらないよな。怪しいもんこれ。

「流石に額が大きいからばら撒くにしても時間掛けてゆっくりになるで？」

「その辺の采配は全部任せるよ。胡散臭《うさんくさ》くて使えないよこんな金。で、スズ的にはどうだったのさっきまでの話」

「ま、『翠玄武』は信用出来ないいっちゅーのは間違いないいわな。言っとることもや。ウチ、スキル使えばウソを見抜けるのは知っとるやろ？　そのウチにこの前、ウソを吐いたんやからな。見抜けんかったわ。どーせ戦闘力皆無もウソやろ。多分スキルなんやろうけど」

「どこまで本当のことを言ってるか分からないってことか」

「ああいう輩《やから》は九割は本当のこと話すもんや。せやから難しいわな。……もしくは全部本気で話しとるけど後で心変わりしたとか間違ったことを本当だと思い込んで話をしとるか」

「まあないとは思うけど一応可能性だけ、やな。いや心変わりは割としそうやけどあいつ。どっちにしろ信用出来るかっつーとやな」

うーんとスズが腕を組みながら唸《うな》った。間違いないのは面倒な奴ってことだ。

「『翠玄武』まで昇り詰めた女が？」

「セルキスなら、少なくともレミアハート大兄様からは信用されてるぞ」

「レイラ？」

そんな会話をしていたら横からレイラが口を挟んでくれた。

「なんせレミアハート大兄様の懐刀なんて言われてるからな」

「……もしかして強い？」

「セルキスは強いぞ。『ガーデンナイト』全員相手にしても瞬殺するくらいには。ま、基本は研究ばっかりやってるから『翠玄武』らしいっちゃらしいけどな」

やっぱり戦闘力皆無とかウソだよね知ってた！

「ちなみにどんな研究やってるか知ってる？」

「ああ、なんか最近は水をかぶると女になって、お湯をかぶると男になる風呂を作るとか言ってるとかなんとか」

どうしよう。やっぱり信用出来ないけど嫌いになれないタイプだわ。

Chapter 9 『商人』ルドラン

王国一の大商人と自称している、いや実際三本の指に入るのだが、それはともかく大商人であるおひげが立派なルドランのおっさんがギルドにて募集を掛けた。

『手に入れてほしいものがある。報酬は王国一の宝である。腕に自信のある冒険者の働きを期待する』

何を手に入れたら何が貰《もら》えるのか。なんでこんな曖昧な募集がギルドに張り出されているのか。主語って知ってる？　募集の張り紙を見てチラッとギルドの職員を見たが全員目を逸《そ》らした。なるほど、金だな？

ともかく、こんなクソみたいな募集にオレハツラレクマーしてしまったのでおっさんの屋敷に俺達《たち》『白獅子《しろじし》』はやってきた。

いや気になるやん王国一の宝って。

金銭には別に拘《こだわ》りはないけど、面白そうな件にはついつい釣られてしまうてへぺろ。スズも

「なんやろ……。情報ないけど……面白そうやな！」ってノッてくれたし。怪盗の血が騒いだっぽいな。

ただルドランのおっさんは一見悪徳商人風の顔だが、実際はクソまっとうなおっさんなので『ルミナーレ』の出番はなく俺達も真っ当に報酬を手に入れるべく現れたって訳。

「おい、『白獅子』じゃねえか」

「なんだよふざけんなよ」

「くそ絶対勝てねえ」

「ふん、情けないな。俺はこの後、俺用の墓の用意をしておくぜ！」

「いや直接戦う訳じゃねえ。偶然触れた壁を擦り抜けちゃうくらいの確率で勝てると踏んだね俺は！」

「確かに！　競合したら一度も勝てたことなんてないが、勝てるか負けるかっつーなら確率は二分の一！　イケる気がしてきた！」

屋敷の大広間に通された俺達の前に広がる人、人、人。冒険者めっちゃいるやん。チーズに群がるネズミの如《ごと》くである。

まあ俺達も一緒なんだけど。そんなに注目するなって。ブーイング気持ち良いですねー。めちゃくちゃ言ってるけど、お前らほとんどスキル的には俺よりは上なんやで？　後半、無駄に盛り上がってる冒険者特有のノリは嫌いじゃないけどな。

「冒険者諸君！」

少しガラついた大きな声を張り上げながら、ルドランのおっさんが執事を従え入ってきた。

「諸君らに集まってもらったのは他でもない！　かのロスイン火山に眠るという伝説の花、ゴナベル草を採取してきてもらいたい！　ゴナベル草の花から取れるデハポンという蜜が必要なのだ！」

「ゴナベル草だと……？」

「んなもんほんとにあるのか……？」

「絵本の話だろそれ」

「トランキーロ……あっせんなよ！」

ざわつく冒険者達を尻目にこそこそと仲間に相談する俺。

「……ゴナベル草って知ってる？」

「んー本当にあるかは知らんなぁ。それが何になるかも知らん」

「絵本で見た。でも綺麗《きれい》としか書いてなかった」

「あ、リィナ師匠がたまに取りに行ってました」

「まじ!?」

「はい、色々使い道があるみたいですけど……」

実物を知るシルがいる。これ余裕ですわ。勝った、第一部完。

「おい、それで報酬ってのはなんなんだよ！」

「そうだそうだ！　あのロスイン火山まで行かせるんだ！　命懸ける価値あるもんなんだろうな!?」

「勿論《もちろん》当然です。この私が嘘《うそ》を吐《つ》くとでも？」

「む……」

冒険者達とルドランのおっさんがごちゃごちゃ言ってるが、自信満々のその王国一の宝とやらはまだ教える気がないらしい。しかし……。

「たしかにロスイン火山まで行くって面倒だよな。お金欲しいって訳でもないし」

「それはそうやな」

「……王国一の宝が何か知れればそれで良い」

「それもそうですね」

俺達の意見は一致した。これ面倒臭くないか？　と。

「……もしどなたかが達成したら王国一の宝というものが分かるのでは？」

「さすがシル、それだ！」

「なら行く必要ないか」

「じゃあ帰ってお菓子食べる」

「よし、撤収！」

こうして俺達はルドランのおっさんと冒険者共がごちゃごちゃやってる間にさっさと屋敷から出て自分達のパーティーハウスへ帰ったのだった。


〜fin〜


「……で話が終わったら楽だったんだけどなぁ」

それからひと月が経《た》ち、冒険者達は誰もロスイン火山からゴナベル草を手に入れることは出来なかったのだった。まあ伝説の草らしいし、誰もどれがゴナベル草か分からんというのもあるしな。

そして俺達はすでにそんな募集があったことなどとうに忘れていた。

……ある日、冒険者ギルドで何か面白い依頼やら募集やらはないかなーと物色していた俺の所にルドランのおっさんが現れるまでは。

「何故《なぜ》取りにいかんのだ!?」

「おうルドランのおっさんか。え、何を？」

「ゴナベル草だゴナベル草！」

「んー、ああ、あれか。……あれ、まだ誰も達成してないの？」

「あの場におった全員諦めたわい」

「ええ……まじかよ。じゃあ俺達もリタイアで……」

「本当にそれで良いのか？」

「何故に？」

「この冒険者ギルドの冒険者、全員が諦めたとなると冒険者ギルドの沽券《こけん》に関わることとなるだろう？」

「そうか？　あんな適当な依頼張り出す方が悪いだろ。俺個人的にもそんなんどうでも……」

どうでもいい。そう言おうとは思ったのだが。気が付いたら集まる視線、視線、視線。いつも笑顔の受付の女性ですら無表情でこちらを見ている。え、俺別に悪くないよね？　なんでやらないんですかみたいな顔で見ないでくれる？

「いや、依頼がクソなだけだろ。あるかも分からない草取ってこいとか。ていうかないんじゃね？　ソレ」

「お主の仲間が実物を見たことがあると言っておったのだろう？　それとも見たというのは嘘

かな？」

ぐぬぬ。さすがルドランのおっさん、抜け目がねえ。しっかり聞かれてやがる。うちのシルを嘘吐《うそつ》き呼ばわりは許さんぞおっさん。

「はあ、分かったよ分かりましたよ。やりゃあ良《い》いんだろやりゃあ」

「流石《さすが》は『白獅子』！　期待しとるぞ！」

かっかっかと笑いながらギルドを後にするおっさん。クソ、断りにくい場所選んで声掛けてきやがったな。いやまあぶっちゃけ、行くのが面倒臭いだけで行けない訳じゃないんだよ別に。暑さはシルのバフがあるからどうとでもなるし。魔物を避ける分にはスズがいるし。火山が噴火しようがマジクがなんとかしそうだし。俺？　俺はあれよ。……皆の荷物持ったりとか出来るし（震え）。

しょうがないので俺達はロスイン火山へ向かった。遠距離ピクニックの開始である。遠いんだよなあ。隣国のホスチェストナッツの主都に行くほうが近いまである。でも火山行くのに馬車は借りられないから徒歩になる。面倒だけど『白獅子』全員参加である。俺以外誰かが欠けると任務の危険度が爆上がりなのだ。俺？　夜の見張りとか出来るし（震え）。

「ところでシル」

「はい？」

「そのゴナベル草って毒とかヤバい系の薬とかになったりしないよな？」

「いいえ、リィナ師匠は美容液の原料に使ってましたけど」

「まじ？　あの人の若さの秘訣《ひけつ》だったり？　……ってそれ不老不死系とかじゃないよな？」

「いえいえ、本当にただの美容液だったはず？　……多分」

本当だろうか。あの人は見た目が若いってレベルじゃないからな。若い通り越してロリである。正直不老不死とまで行かなくても老化防止効果は本当にありそう。後ろで顎に手を当てて何か考えているスズも多分同じ結論に至ってそう。

「美容液の原料になるって草が伝説になるの？」

確かに効果がそれだけなら伝説というには弱い。マジクが疑問に思うのも当然だと思う。

「ふふ、マジクちゃん。ゴナベル草の問題はね、生息条件が厳しすぎて生息域を広げられないんだよ。だからそもそもの数が少ないの」

「へぇ、シル詳しいね！」

「リィナ師匠が植物や生物に詳しいから……」

「なあシル、他の効果は分からんの？」

「んー、それにしか使ってなかったからなあ……」

スズも疑問をシルに投げるが流石にシルもリィナさんが使ってたこと以外は分からないらし

い。そもそもだ。

「あのリィナさんが本来の使い方をしてたかどうかがそもそも怪しい」

「それはそうやな」

「あ、あはは……」

俺の言葉にスズが同意、そしてシルは苦笑いである。何故ならシルの育ての親でもあるリィナさんは常識が少しおかしいので、育てられたシルもそのお陰でかなり苦労をしているからである。

火山まで辿《たど》り着いた俺達はシルが『耐熱』を付与してくれたお陰で特に苦労することもなく山を歩き、途中流れ出ていた溶岩はマジクが土魔導で流出口を塞いで。どうしても通るのに邪魔だった岩石系モンスターはシルの付与魔導を受けた俺がワンパンで粉々に砕く。通常なら歩くのも危険な地帯を、危険を感じもせずただの散歩の如く散策をする。

「シル、どの辺りにありそう？」

「確か火口近くのはず」

という訳で山頂付近までやってきたのだが。

「どこだろうな」

「なーシル、季節とか関係あったりせーへん？」

「丁度、今の季節のはずだから大丈夫」

俺とスズとシルがあーでもないこーでもないと話していたら、飽きたらしいマジクが適当な大きさの岩に腰を掛けた。

「きゃ!?」

「「マジク!?」」

マジクの悲鳴に全員が焦る。全力で振り向きマジクを見ると、マジクが腰を掛けた岩が砕けてマジクが転んでいた。

「マジク、大丈夫か？」

「うん、驚いただけ。シルの付与があるから痛くない」

ちなみにシルのバフは俺にだけ何故か異常な効力が出るが、スズやマジクにも普通の付与魔導よりは断然効力がある付与魔導を付加出来るので探索の際は全員に複数付与をしている。少し前からシル本人にも普通の付与程度の効果が出てきたらしいのでシルの成長は素晴らしい。

「太っちゃったかな……」

砕けた岩を見てしょんぼりするマジク。

「いやマジクは痩せすぎだからな？　美味《おい》しい物たくさん食べさせるから覚悟するように」

「あ、ゴナベル草ありました！」

砕けた岩の中からシルがゴナベル草を見つけたらしい。どうやら岩は偽物で擬態に近いらしい。更に地面から抜くと一日持たずに枯れるという話だったので、鉢植えに周囲の土ごと入れて持って帰ることになった。

これ確かに知識ないと難易度高いかも知れない。知ればそこまでもないけど。むしろリィナさんの知識がどこから来てるのかが気になってきたわ。

そんなこんながありながら手に入れたゴナベル草を持ってルドランのおっさんの屋敷へ。

「おお！　流石は『白獅子』！」

とりあえずルドランのおっさんは大層喜んでくれた。奥さんに贈るらしい。いやいやいや……使い方知ってるならいいと思うけど。まぁ冒険者なんで渡した後なんかはどうでもいいんだけど。

それよりも大切なことがある。

「んで？　その王国一の宝ってのは？」

「おお！　……ルーラン！　ルーランはいるか！」

「はい、お父様」

そう呼ばれてきたのは王国一の美姫《びき》と噂《うわさ》のルーラン嬢だ。

本物の箱入り娘でその姿も滅多に見ることはない。噂に違《たが》わぬ美貌ではある。薄紫の艶やかな長い髪、二重で愛らしい大きな瞳、長いまつ毛、上品なスッとした鼻筋、等々。パーツパーツが全部整っている。

整ってるんだけどね。いや正直スズもシルも顔立ちが凄《すご》く良いんだよ。中性的でカッコいい系のスズと可愛《かわい》い系のシルっていう方向性が違うだけで。ある程度のライン越えると後は好みの問題だと思うんだよね。

それはそれとして、ルーラン嬢はお宝らしき物を持ってる風ではないけど……まさかね。いやそんなはずは……。

「では『白獅子』……いやレオ殿には私の娘と結婚する権利をやろう！」

「「「は？」」」

「あの……宜《よろ》しくお願いします」

いや宜しくじゃないが？？？　何も宜しくないが？？？　いや流石にルドランのおっさんが娘を賞品にするなんて外道なことする訳……いや、もしかしてむしろ逆か？　……嵌《は》められた？

「あー、そんな権利いらないんで現金くれ」

「そんな……!?　ひ、ひどい」

ひどくないし。いきなり婚姻押し付けられそうなことのほうがよっぽどひどいし。うちのパーティーメンバー全員がゴミを見る目でルドランのことを見つめているの分かれや。

「なんと私の娘をいらんと申すか!?」

「お前、うちのパーティーメンバーの顔見てもう一回言ってみ？」

ほら、皆すっごい怖い。お前、この後一緒のパーティーハウスに帰る俺の身にもなれよ。どうすんだよこの空気をよ。それにさ。

「お前、ルーラン嬢になんか言われて俺を嵌めただろ」

「……そんなことはないぞ？」

「普段一応優秀なくせに分かりやすいなぁおい。本当はこんなんで娘を嫁に出したくないんだろ」

「……いや本当に早く嫁に出したいんじゃが、よりにもよってお前さんに一目惚《ひとめぼ》れしてしまってな。『白獅子』は無理じゃって何度も言ったんじゃが聞かなくてのう……」

「私じゃ不満ですか『白獅子』様！　お父様は後でしばきます！」

出したいんだ。そして隠すのやめたルーラン嬢。うん、猫被《ねこかぶ》ってるよりはそっちのほうがまだ魅力あるとは思うけどね。

「悪いね。見た目だけ磨いてるような女に興味ないんだ、ルーラン嬢。報酬、上乗せして送ってくれよルドランのおっさん」

それだけ言って撤収。

帰り道、皆から「見た目だけじゃなかったらいいんだよね？」とか「あのお嬢ちゃん他も磨いてきたらどうするん？」とかずっと言われてたの結構精神的にしんどかったです。

Chapter 10 『ルドランの娘』ルーラン

買い物は楽しい。目に付いた物は欲しくなる。

私は甘やかされて育った、とはっきり言える。

欲しい物は何でも買ってもらった。

商売に必要ならと爵位も金で買った成金と揶揄《やゆ》される父も、私の意思を尊重する、と更に仕事にも有利になるはずの縁組みをしない。

あの日も私はいつも通り街に繰り出し買い物を楽しんでいた。

「ルドランの娘、ルーランだな？」

「……どなたですか？」

立派そうな服。私も多少の目端は利く。あくまで立派『そう』な服を着ている男に声を掛けられた。必死に体裁を繕っている。そんな感じ。

「ふーん。ま、顔は良いじゃねえか。なあ、俺にちょっと付き合えよ」

「……いきなり無礼ではないですか？　嫌です。他の方を当たってください」

見た目を褒められることはよくある。よくあるのだから私の見た目は良いのだろう。それは多少の価値はあるのだろうが、今のように面倒を起こすこともある。下品な笑み、気持ち悪い男。きっと脳みそが玉袋に入っている。そういう男はいくらでもいる。

「ちっ、面倒くせえな。いいから来いよ」

男が私の腕を摑《つか》み無理やり引っ張る。抵抗を試みるが、この男に対して私は非力だ。思わず声を上げる。

「痛い！　やめてよ！」

「うるせえ！　俺は子爵様だぞ？　黙って来い！」

最悪！　無理やり乱暴をしてくる訳だ。叫ばれても、地位を笠《かさ》に着て横暴を繰り返す典型的に大嫌いな人間！

「やめてって言ってるでしょ！」

渇いた音が響いた。それが私の頰をぶった音だと、暴力など振るわれたことがなかった私は理解するのが少し遅かった。

そして理解した途端、痛みを感じ恐怖が襲った。悲鳴を上げたかったが、声が出なくなった。

周りに助けを求める視線を投げた。

けれど相手が爵位持ちと分かると皆関わらないように目を背けた。

嫌だ。嫌だ！　誰か、誰か！　心で叫ぶ。声が出ない。怖い！


「手、放せよ」

「ああ!?」

声を掛けてくれたのは白髪の少年、もしくは少し幼い顔立ちの青年だった。

この場で助け舟を出すなんて恐らく頭が悪いのだろうと誰もが思うだろうが、私にとってはどんな騎士様より立派に見えた。

「誰だてめえ」

「レオ。ただの冒険者」

「は、馬鹿が。平民が貴族様に歯向かうんじゃねえっての！」

私はその辺りのことは詳しくないので後から聞いたことだけど、その男は拳闘士のスキル持ちだったらしい。

高速で拳を振るうスキルをレオが間一髪で避け、いや致命傷にならない程度に当たりながら決して目を逸《そ》らさずにチャンスを窺《うかが》っているように見えた。

「死ね！」

男の大振りの一撃を避け、いや肩に貰《もら》いながらも相手の懐に飛び込んで伸びた腕を掴み、そのまま相手を自身の背に背負い宙に投げ飛ばした。

「路上柔道最強！」

何かを叫んだレオが小石を拾って倒れた相手の上に跨《また》がり殴打、殴打、殴打。

やりすぎではとこの時は思ったが、拳闘士中位スキル持ちだったらしい男相手では地面に投げ飛ばしたくらいだと反撃で倒されてしまうから、相手を無力化する為《ため》にこの選択肢しかなかった、と駆け付けた衛兵に取り押さえられて男と共に連れて行かれたレオは詰所で語ったらしい。今思うとレオは多分適当に言ったんだろうなと思う。

ともかく私はすぐに家に走った。このままでは私を助けてくれた人が罪に問われるのは間違いないと思ったからだ。父に事情を話す。

「この前依頼した白髪の子だろう。レオくんか。娘が付き纏《まと》われている気がするからもし街で見かけたら気に掛けてやってくれと頼みはしたのだが……依頼でもないのにそこまで……よし、すぐに行こう！」

後で分かった話、この時の貧乏子爵は私を手籠めにしてルドラン家の資産で自分の家の借金を返そうと企《たくら》んでいたらしい。つまり私は元々狙われていたのだ。知りもせずのん気に買い物をしていた私は愚かだったけど、この件がなかったらレオに出会えてなかったと思うと複雑な所だ。

ちなみに結果としてレオは罪に問われなかった。

私達《たち》が詰所に行くより早く、なんと偶然この街にいた『聖女』様がレオの身元引受人となっていたのだ。先の話も教会側からの情報提供だった。

「あーいてって」

「もう、すぐ無茶をするんですから」

詰所で『聖女』様に治療されているレオに会えた。

正直、仲睦《なかむつ》まじそうに見えた。

「あ、あの、私ルーランと言います！　先程はありがとうございました！」

「いいっていいって。気にすんな」

「やはりレオくんか。娘のこと、本当にありがとう。何か礼をしなくては」

「そういうのいいって言っても商人には駄目かな。じゃあこれからもたまに依頼くれよ。それにちょっと色付けてくれたら嬉《うれ》しいかな」

この時から父のレオに対する信頼は絶大だったと思う。

そんなやりとりを見ながら私は『聖女』様の顔を見た。レオの方を見て優しく微笑《ほほえ》んでいる。

見た目は良い、と皆に言われてきた私だが、そんな私より断然『聖女』様は綺麗《きれい》だった。

私には見た目しかないのに。『聖女』様は全てを持っている気がした。

思わず聞いてしまった。

「あの、失礼ですがお二人はその、良い仲なのでしょうか」

「ええ、私達はこい「友達です」……お友達ですよ。今は」

お二人の仲は進展している訳ではなさそうだった。ただ、『聖女』様のほうは怪しい。

でもまだ、きっと私にもチャンスはある。

そう思った。

父が冒険者であるレオに依頼を出すのだから会うこともあるだろう。私は戦えない。冒険者は出来ない。なら私の長所を伸ばすしかない。

今まで意識したことのない美容に目を向けた。美しさは作れるらしい。私にはそれを伸ばすしかない。父と母に相談しながら、私は街で一番の美貌と呼ばれるようになった。

そんな中、レオは新しい仲間を増やす度にどんどん冒険者として有名になっていった。そしてついに『白獅子《しろじし》』となった。

『白獅子』の授与式には私も顔を出した。久しぶりにレオに会う。

私を見て綺麗と言ってくれるだろうか。そんなことばかり考えていた。

そしてレオがパーティーメンバーと共に大広間に現れた。

パーティーメンバーは皆、お世辞抜きに可愛《かわい》かった。皆、違う綺麗さや可愛さがあった。

私は声を掛けずに帰った。

自信が持てなかったからだ。

だから自信が持てるよう頑張った。

おそらく世界に私一人だけだと思う『美容』スキル持ちになる程頑張った。努力でスキルが生まれるなんてこの世の摂理がひっくり返る出来事らしいが気にしない。必要なのは過程ではなく結果だから。

国一番の美姫《びき》、などと呼ばれるようになり、私は父にレオと一緒になりたいことを告げた。

父は取りなしてみるとは言ったものの良い返事はなかったとのこと。そしてあの件で言われた言葉。

「悪いね。見た目だけ磨いてるような女に興味ないんだ、ルーラン嬢」

つまり私は方向性を初めから間違っていたらしい。

ショックはショックだが、だからどうしたという話だ。今更諦められる訳もないのだ。

私は戦えない。だから父を見習い商売を始めた。

私には商才があるらしい。

一つは平民向けにディスカウントショップ。

一つは貴族向けに美容を売り物に。

どちらもすぐに軌道に乗った。

見ていろ。

何せ私は国一番の商人、ルドランの娘。

ただの見た目だけ磨いている女ではないのだ。あの時のことなどカケラも覚えていないであろう英雄様を、振り向かせるだけの女になるのだ。

Chapter 11　サン・ブリジビフォア祭（前）

俺達《たち》のパーティーハウスに巨大純金製ルドラン像とかいうマジでいらない物が贈られてきた。顔の渋さ五割増しである。ルドラン曰《いわ》く、「最近王国内で純金の流通が多く平時より安かったので買い占めた。純金なら放っておけば価値は上がるから良い投資」とのこと。どうせなら飾りたいから己の像を作ったらしい。

いやその純金流通させたの俺達やないかい！　巡り巡って変な像になって返ってくんなや！

うち普通よりちょっと大きい程度の家だぞ。置く場所ないってこんなもの。


とかなんとか思ってたら金のルドラン像、二体目が贈られてくる。

嫌がらせか？　うちの広間に二体も光り輝くおっさんの像があるんだが？　照明に反射して眩《まぶ》しいんだが？　あ、シルがカーテン被《かぶ》せてくれたわありがとう。

ルドランのおっさん曰く、「娘のルーランが君から言われたことに奮起したようだよ。私から借金して『私が見た目を磨いてるだけの女じゃないってことを見せてあげるわ！　なんならレオを買い取ってやるんだから！』」と言って商売を始めたらしい。

それがどうにも商才があるらしく、店を始めてすぐに借りた分を返せる目処《めど》がついたらしい。

「私の王国一の商人って肩書きも娘に奪われる日がいつか来るかも知れんわい。いやまだまだ私も負けんがな！」と、あの後本当に娘にボコボコにされたらしいおっさんはアザやらたんこぶだらけの顔で豪快に笑っていた。いやおっさん王国一は自称やんけ。

んでこの引きこもり娘ルーラン嬢が、引きこもりをやめて働き出した件の感謝として二体目が贈られてきたと。いらん。スズ、これ処分……え、これ以上純金大量に流通させると純金の価値がぶっ壊れるからしばらく無理？　まじ？

「これは趣味がとても悪いですね、レオさん」

像を見て、像の出っ張った腹を撫《な》でながら聖女クルスさんは苦笑いである。それはそう。

「そう？　俺もそう思うわ。今日は、というか今日もというか、最近割とうちのパーティーハウスにいる気がするなクルスさん」

そう、しれっと居座っている。なんか慣れてきたわ。世間的には崇《あが》め奉られる人の筈《はず》なんだけど、うちにいる時は普通に料理手伝ったり、なんならゴミ出しやってたりする。偶然目撃した人はマジでびっくりすると思う。

「まぁ、それはレオさんのせいでもあるんですけどね」

「俺？」

おや、何かしたっけ。

「『四罪』の壊滅、大層なご活躍だったそうじゃないですか」

「ああ、別に俺達《たち》の名前出さなくて良いって言ったのに王国騎士団と『白獅子《しろじし》』が協力してってロサリアさんが発表しちゃったんだよな。真面目だよなあの人ほんと」

「ええ、それで最近教会側で問題になってるの分かります？」

「何が？」

「『黄龍《きりゅう》』、『蒼麒麟《あおきりん》』、『翠玄武《みどりげんぶ》』は王国側の人間、更に『白獅子』までも王国側ではとか言ってるんですよウチの上の方々は」

うっわあ……。なんということでしょう。絶対面倒なこと考えてるでしょそれ。いやだよ権力闘争とか巻き込まないでもらえませんか？

「何も国内でやーやーやる訳でもあるまいし」

「違いますよレオさん。レオさんの言うそのやーやーをやらないで済ませる為《ため》にバランスが大切なんです」

「……きな臭いの？」

「まあ、その為にロサリアが神殿騎士団に力の違いを見せつけましたから。勝ち目がないと分かってるうちは起こらないでしょうけど、不満の溜《た》まり方はひどいみたいですね。少しガス抜きが必要なんですよウチも。という訳で協力してくれません？」

「ええ……」

つまりは俺達『白獅子』はロサリアさんともクルスさんとも友好な関係ですよアピールが必要なのだという。まあ別に神殿騎士団の人らも信仰が篤《あつ》く生真面目って感じで悪い人達じゃないし、無駄に血が流れるのは俺だって避けてほしいし。それでもだ。

「クルスさん、俺達が王都でクルスさんの、年に一度のサン・ブリジビフォア祭で聖女の護衛役を務める件、神殿騎士団の人達、大役を取られたとか言って怒ったりしない？」

そう。国にとっても教会にとっても年に一度の大切なイベント、というかお祭りのサン・ブリジビフォア祭。その祭りのメインイベントは聖女による奇跡の披露。いや本当に毎回奇跡を起こすからこそ聖女と呼ばれる所以《ゆえん》なんだけど、形だけとはいえそのイベントでの護衛に付くって多分教会の人達にとってすんごい名誉なことだと思うんだ。

「まさか。『白獅子』の勇名、少しは自覚したほうが良いですよ？　『黄龍』と並び剣を振るう者の憧れなんです。王前でロサリアと引き分けた貴方《あなた》のことを、ロサリアにボコボコにされた神殿騎士団が反対出来る訳ないじゃないですか」

笑顔で辛辣なこと言ってる聖女ウケる。

「ていうか素だと俺より強いクルスさんに護衛なんてひでぶ」

話してる最中に目の前から消えたクルスさん、と同時にゴリラに殴られたような衝撃が後頭部に加わり、「今のはレオが悪いな」とか「レオさん……」とかなんか後ろから聞こえたような気がしながら意識を手放したのだった。


ハッ！　と目を覚ましたら馬車でコロコロと輸送されている最中であった。ん？　そしてなんだか柔らかい感触。これは……シルの膝枕である。目が合ったシルがにっこり微笑《ほほえ》んだ。よし、もう一回寝よ……。

「駄目ですよ？」

殺気!?　いやクルスさんか。殺気で合ってたわ。教会の馬車で俺達『白獅子』と『朱天狐《あかてんこ》』クルスさん、ついでに『蒼麒麟』レイラも俺達の住む都市タオから王都ブリジビフォアに輸送中と。

国的に凄《すご》い重要メンバー揃《そろ》ってるはずなのに知り合いばっかりなの改めてウケる。

「あれ、そういや俺なんで眠ってたんだっけ？」

「眠かったのでは？」

「うーん……まぁ寝てたからそうか」

深く考えるのはやめよう。考えると後頭部が何故《なぜ》か痛い。


王都ブリジビフォアにて年に一度開かれる、サン・ブリジビフォア祭。我らがホスグルブ王国最大のお祭りである。全国から集まる人、人、人の群れ。その人々の目的はクルスさん、いや聖女の奇跡である。

俺はいつもの旅人の服にその辺の剣……ではなく、教会が用意していた（とかいうが絶対クルスさんが用意した）なんか凄い装飾の白銀の鎧《よろい》に、獅子の鬣《たてがみ》に見立てたすんごいモコモコ（白いファー）が付いた裏地の赤い純白マントを着け、儀式用のこれまた装飾が凄すぎて絶対実戦向きじゃない剣を持たされた。

ロサリアさんに会った時に「やあ、似合ってるじゃ……ないか」と微妙な反応をされたけど、絶対似合ってないんだろうなコレ。「裏地が朱……」とかなんとか小さな声で言ってたから「いやこれクルスさんが勝手に用意して着せられちゃって」って返したら「あ、ああ……そ、そうなのか」って動揺してたけど泣いちゃうぞ俺。

✦
✦
✦

『白獅子』の面子《メンツ》は王都に入った段階でレオと離れていた。魔族の血が交じったマジクが人混みを怖がる為、王都ではスズが自身の出身の孤児院に連れて行くということでシルもそれに付いていった。シルはレオに「儀式は遠くから見てますので」と言ってある。

『蒼麒麟』レイラもレオと二人でクルスの護衛役を務めることになっているので教会と王家、そして国の力の象徴たる『五龍《ごりゅう》』最強の一角『白獅子』の友好を全国民にアピールする場となる。

なお、レオはこんな茶番に巻き込むな面倒だという態度を一切隠していない。

祭りが始まり、祭りのメインイベントである聖女の舞の時間が近付いた。複数の鐘の音が、王都に鳴り響く。ゆっくりと開かれた王都の正門からいつもの改造修道服ではなく、聖道教会の正装を身に纏《まと》った『聖女』である『朱天狐』クルスと、その後ろから純白の鎧と表地が白色、裏地が朱色のマントを身に着けた『白獅子』レオ、拳闘士スタイルに蒼のマントを身に着けた『蒼麒麟』レイラの二人が現れ、メインストリートの直線にメイン広場まで敷かれている赤絨《あかじゅう》毯《たん》を歩き出した。

白。穢《けが》れなき神聖な色。物体が全ての波長を一様に反射する最も明るい色。祭りを大地が祝い、祝福を注ぐような眩《まばゆ》い日光が照らし出す純白の鎧とマントを身に着けた『白獅子』は、今回の主役である聖女に劣らない注目を集めた。

「あのマント……裏地が朱色？」

「え、ウソほんと？」

「お似合いじゃん」

「おいおいマジかよ大ニュースじゃん」

一部の人間が『白獅子』の装いを見て、少し騒ぎ出す。その様子を人混みを避け建物の屋上からマジクとスズの二人が眺めていた。

「あっ、クルスさん今こっそり笑った」

「やってやった！　とか思うとるんやろうなあ」

「スズ、あのマントどういう意味があるの？」

「貴族ってな、家それぞれに家色ってのがあるんや。で、婚姻の際に纏うマントは男側の貴族の家色が表地、女側の家色が裏地のマントを身に着けるっちゅうのが決まりであってな」

「でもレオ、貴族じゃないよ？」

「貴族の家色にも例外はあってな。『五龍』それぞれの色は、たとえ王家であっても更に優先する色とされるんや。だからレイラ様も王家の『紫』やなくて今は『蒼』のマントを着けとるし、普段ロサリア様が『黄』のマントを着けとるのもそういうことや」

「ふーん。……あっ」

そこまで聞いてマジクも理解した。

「そっ。全国民が王都に祭りを見に来とるこのタイミングで『レオと私は特別な仲です』アピールをしとる訳やな。この祭りを取り仕切っとるのは教会やし教会も折り込み済みって訳やろうなあ。知らんのレオっちだけやろアレ」

「へー」

改めてマジクはクルスやレオを見た。しかしその目は先程より冷めた目をしていた。

「でもレオっちもマジクと同じく『俺貴族じゃないし』くらいに思うとるんやろうなあ。で？　マジクはええんか？　レオっち取られるかも知れんで？」

「だってレオにクルスさんをどう思ってるか聞いたことあるし」

流石《さすが》のスズもレオに直接は聞いたことがなかった。が、マジクが聞いたのなら素のままの感想を伝えているだろう。

「……なんて言うてたん？」

興味本位でスズは聞く。

「すげぇ可愛《かわい》いゴリラ」

そして思わず噴き出した。

「……あれでも可愛いとは思っとるんやなぁ。不敬不敬っと。まあ、クルス様なら笑いながらレオっちをブッ飛ばすかあ」

クルス様、気安い関係を求めとるもんなとスズは遠くから眺めながら呟《つぶや》いた。マジクもスズが買ってきてくれた出店の食べ物をハムハムと食べながら一緒に見ている。

「シルは？」

「シルならもうちょい近くで見てくる言うとったで」

しっかし。やっぱレオは表の、それも国の顔になる人間なんよな。ウチ、一緒におるんやっぱまずいよなあ……と、スズがいつもの思考に入るのは平常運転である。

「そういやクルス様、『教会のガス抜きに協力しろ』とか言っとったな」

面倒臭いなあとスズが天を仰いだ。

「それであのマントなんでしょ？　違うの？」

マジクからすれば、これがそのガス抜き行為なのだと思ったのだがスズの考えではもう少し違うのかと疑問を呈した。

「それもあるけど……多分、貴族側と教会側の戦争の代わりを用意したんやな」

「代わり？」

「ん。ようはレオっち争奪戦、やな。実際戦うより血も流れん平和な争いや。レオっちが一切身分や金や権力に興味ないいっちゅう欠陥を除いてな」

レオっちそういうのほんま興味ないからな。興味ないから良いってのもあるんやろうけど、あんまやりすぎるとウチらも怒るからなと、スズはクルスにシラけた目線を送っていた。

◆
◆
◆

「やっぱ人多いな」

「だな。この日は国中が楽しみにしている日だからな」

「聖女の奇跡、ねえ」

「なんだ見たことないのか？」

「祭りのってこと？　あるよ」

「祭り以外もあるってことか？」

「そりゃあ首が千切れても即座にくっ付くなんて奇跡だろうさ」

「違いないわ」

ゆっくりと広場に向けて前を歩くクルスの歩調に合わせながら、目立たぬよう小声でレオとレイラは会話していた。本来、会話をする場などではない。レオを人選したほうが悪い。レイラも、こういうのが悪くて良いなと思っている上、表舞台で『白獅子』や『蒼麒麟』を注意出来る人間がいない。

「他にはないのか？　奇跡」

「うーん、俺の全身に串刺しに刺さりまくった槍《やり》が折っただけで抜けたり、俺が毒沼に落下した際、毒沼が真水に変化したりとか」

「良く生きてるなそれ」

「そりゃあ『聖女』といれば死なないでしょ」

「確かにそれはそうか」

レオの話にレイラは呆《あき》れる。奇跡も凄いがそんな体験をしても平然とクルスと一緒にいるレオのいかれ具合も凄いなと。別にその時苦しくても死ななければ良いかという、悟りともいえる開き直りを出来る人間がどれだけいるのか。

確かにクルスと一緒にパーティーを組める数少ない人間なんだろうなとレイラも理解した。

「二人共、お静かに」

「「はーい」」

そしてあまりに無駄口が多いので、王女でもある『青麒麟』や『白獅子』を注意出来るほぼ唯一と言っていい聖女に二人は怒られた。二人もそれはそうと口を塞いだ。

そんな三人を近くで見ようと人混みの中にシルも紛れていた。

「ふわあああ……。レオ、本物の王子様みたい……」

滅多にしない正装のレオを見たシルの感想である。

割と本物の王子様であるロサリアを眼《め》にする機会もあるシルだが、レオに関しては目が曇っているのでそんな感想になるのも仕方がない。

「クルス様ともレイラ様とも、お似合い……私……」

シルはなんとなく劣等感を覚える。

「失礼、『白獅子』の付与魔導師だな？」

「え？」

そんなシルに声を掛ける人物がいた。そこでシルはいつの間にか取り囲まれていたことに気付いた。

聖女が大広場に設置された舞台に上がる。

そして舞台両袖に控えるのは『五龍』の二角。

歓声が上がる。皆一様に聖女を讃《たた》える。そして『五龍』の二人にも。今年程、市民にとって豪華な面子が揃った舞台はない。

(クルスはレオと出会って本当に楽しそうだ。やりすぎなところもあるけど。俺やロサリア兄様といる時以外にもようやく自分の居場所が出来たって感じだな。ずっと使命に押し潰されそうだったもんな……。流石は俺の旦那だ)

舞台中央に立つクルスを見ながら、レイラは昔を思い出していた。

出会った頃は作られた笑みしか浮かべることが出来なかったクルス。そんなクルスを笑顔にしようと頑張っていたロサリア。色々無茶やって怒られたんだよなとか考えながら、頑張りすぎて兄妹みたいになっちゃって男として見られていない兄が少し可哀想《かわいそう》になった。

(ロサリア兄様とクルスなら立場的にもまったく問題ないんだけどなあ。ロサリア兄様が政治を自分から出来るだけ遠ざけた結果、政略結婚の線はなくなってるし。王族なのにロマンチストなんだよな兄様は。人のこと言えないけど)

王位継承権の序列が低かった為、自由に育てられたロサリアやレイラ。そのロサリアはレイラから見てロマンチストと言える思考に育ったにも拘《かか》わらず、序列の高い現実主義に育った長兄から三兄までもがロサリアを王へと押すことになっているというのがなんとも皮肉。

(結局どうするのが一番なんだろうなあ。幼馴染《おさななじみ》の騎士王と聖女ってなれば美談の作りようなんていくらでもあるだろうし、兄様方も考えてそうだけど、ロサリア兄様が本人の意思を無視するのは許さないだろうし)

そこまで考えてチラッとレオを見る。

(……無血革命って形でレオを頭に据えちゃうのもあり、かな？　野心ゼロだし……どの勢力とも仲良いし……国の運営なんて丸投げしそうだから国の仕組みの変化はなさそうだし……『千年に一度の厄災』から国を救う偉業を達成して『白獅子』を与えられた英雄で国民人気抜群だし……。いっその事、私がレオの子でも産んじゃえば王族の血は繫《つな》がる……いやそれなら革命じゃなくても良いのでは？　で、そしたらロサリア兄様も本当に自由になれるし……クルスもレオ以外にちゃんと目を向けられる……？)

改めてレオを見る。レオに向けられている歓声は多い。実際国民人気は『五龍』としても『黄龍』や『朱天狐』に『白獅子』は負けていない。

(……ありなのでは？)

とんでもないことを考え出してしまったレイラ。豪快、快活。そんな自身の理想の『蒼麒麟』

を普段演じているし楽だとも思っているレイラだが、やはりというかどうしても蝶《ちょう》よ花よと育てられてきた自由な王女、レイラの顔が出てしまうのである。

そんなレイラの考えなど知る由もないレオは、自身に声を送る女性や子供達に一切興味なし、なんなら聖女の舞にも興味ない様子で、今日の夕飯しか考えてなさそうな顔をしながらボケッと立っている。

(『白獅子』パーティー全員レオの嫁にしちゃって、んで俺が対外的に正妻ってことにすれば後は別にこだわりないし……。あの家族のような絆《きずな》を持つパーティーも、家族のような、ではなく実際の家族にしてしまえば行けなくはない気もするし。……レミアハート兄様にそれとなく言ってみるか。いや、レオが面倒臭がるっていう壁が一番デカいか)

基本表舞台に興味ないし『白獅子』という称号の授与でさえ無理やりだったみたいだしなとレイラは舞台そっちのけで思考を巡らせていた。なお、レオも夕飯のことしか考えていないので舞台のことなんて考えていなかった。

(お二人共、こっちのことなんて考えてないみたいですね)

そんな二人を舞台中央から見やり、思わず笑みが溢《こぼ》れた。今日付いてくれた二人はクルスにとって自然体でいられる数少ない人間なのだから。

(少しはあのマントで動揺してくれるかと思ったのですが、まったく動じないのは傷付きます

よ？　……といけないいいけない）

余計な思考をクルスが止めた。今日という日を祝いに来てくれた人々の為に、手に持つ儀《ぎ》杖《じょう》を天にかざす。

会場が、いや国が静まり返った。場にいる全員が、聖女を見ている。

静かに。

ゆっくりと聖女が踊り出す。

昼間であるにも拘わらず、はっきりと可視化出来る優しい光が天から聖女に降り注ぐ。

それはスキルではない。

魔法でもない。

ただ国の平和を祈る聖女へ、天から祝福の光が舞い降りるのだ。

祝福の光がゆっくりと広がり、舞台を、広場を、そして王都を包み込む。

そんな奇跡を目の当たりにした全員がいつの間にか跪《ひざまず》き、聖女へ祈るのだ。

『神の加護のあらんことを』

Chapter 12 サン・ブリジビフォア祭（後）

「やあ、スズにマジク。元気そうで何よりだね」

建物の屋上から儀式を見守るスズとマジクの下へ、爽やか笑顔でロサリアがやってきた。

「あれ、ロサリア様だー」

「ほんまやロサリア様、なんでこんなとこに？」

「君達《たち》の姿が見えたからね。挨拶をしに来ただけさ」

「ロサリア様、聖女の舞、近くで見ないのー？」

「ま、まあちょっと考えることが多くてね」

そう言うロサリアの顔に一瞬翳《かげ》りが見えたのをスズは見逃さなかった。

「（ふむ……やっぱロサリア様もこれからレオっち争奪戦が始まるって踏んどるっちゅうことかいな）……ロサリア様はどう思っとるん？」

「え、いや、そうだな……。やはり少し考えてしまうよ（参ったな……。あのレオが身に着けているマントを見て動揺したことを一目で見抜かれてしまった）」

「（考えてしまう、か。王族側の動き、ロサリア様なら分かりそうやしな）で、ロサリア様はどうするん？」

「私か？　そうだな。正直少し悩んでいるかな（やはりスズには私の動揺は見透かされている。その上でクルスに私がどうする、か）」

「（悩む？　派閥の問題やろうか？）ロサリア様が動かんと事が大きくなりそうやけどなあ」

「（な!?　それはこのまま婚姻を結んでしまうということか!?　いやしかし、クルスが幸せならそれでも……）最悪、動くと色々壊れてしまうかも知れないからね……」

「（貴族側と教会側の関係、そこまで悪化しとるんか。いやでも……）なんかロサリア様らしくないなあ」

「そうかな？」

「ロサリア様ならいつでも道は自分で切り開いているんちゃうん？　壊れてしまうんじゃない、別の道もロサリア様ならイケる思うけどな！」

「……そうか、確かにそうだな。私らしくないか」

「そうそう、いっそロサリア様がもうガツーンと纏《まと》めて頂いちゃっても……っとそれは流石《さすが》に言いすぎたわ（あかんあかん、王位継承権放棄しとる人に言うこっちゃないな）」

「そ、そうだな（流石に私はクルス一筋で男色の気はないから二人纏めては……）」

「ま、ウチはロサリア様を応援しとるで！（この人なら上手《うま》く纏めてくれそうやしな！）」

「ありがとう。心強いな（そんなに私とクルスの仲を案じてくれるのか。ありがとうスズ）」

二人の熱い握手を横から眺めていたマジクはなんか嚙《か》み合ってるようで嚙み合ってないような気がするとは思っていたが、綺麗《きれい》に話が纏まったみたいなので余計なことを口にするのはやめた。

尚《なお》、この後ロサリアはクルスに会いに行ったが、クルスからはレオの話ばかりまた聞かされるのだった。

✦
✦
✦

「やっほークルス」

聖女の舞、という祭りのメインイベントを終え、教会の一室に戻っていたクルスの下へレイラがやってきた。

「レイラさん、先ほどはありがとうございました」

「いやいや、後ろから付いていって立ってただけだしね。旦那は？」

「レオさんならさっさと鎧《よろい》とマントを脱いで行っちゃいました。それあげますって言ったんですけどね（まあきちんと保管しておきますけど）」

クルスはそれはそれは大切にレオが身に着けていた装備を宝物庫へ保管するよう命じていた。大切に持って帰るだろうと思っていた教会側からすると、レオが放置して帰ったことに少し困惑していたが、クルスはまあそうだろうなとほとんど気にしていなかった。

「（マントも返却したってことはやっぱりレオはクルスに興味ないんだな。てことはレオを王位にってのも案外良さげ……？）へー、どこ行ったの？」

「少し急いでいたように見えましたけど……」

「まあ旦那のことだから……花摘みかな」

「ふふっ、そうかも知れませんね」

「そういやなんかロサリア兄様の姿がチラッと見えたんだけど？（なんとも言えない微妙な顔をしてたけど）」

「ロサリアは祭りの舞の後はいつも顔を出してくれますからね」

「ああ、そういうとこまめだもんな（多分また旦那のことばっかりクルスが喋《しゃべ》ったんだろうなあ）」

「ふふ、嬉《うれ》しい限りですね（あの感じならレオさんとの仲をロサリアに取り持ってもらえれば良い気がしますし）」

「そっか。クルスが嬉しいならロサリア兄様も嬉しいと思うよ（あれ？　思ってたよりロサリア兄様脈ありそう？）」

「そうだと良いですね」

「（……これ意外とイケるのでは？）何かあったら俺も協力するからさ！」

「まぁ、それは頼もしいですね！（お二人の協力が得られるならなんと頼もしいことでしょう！）」

「……じゃあ俺の時も協力してもらえるか？（もしレオに王位をって考えるなら、クルスが教会側を纏めてくれれば事は結構すんなり運びそうだし）」

「勿論《もちろん》です！（旦那旦那とレオさんのことを呼んでいましたけど、ただ呼び方がそれってだけだったんですね。ええ、勿論レイラさんに良い人が見つかった時は協力しますよ！）」

二人は笑顔で握手をした。この二人も主語が足りていないことに気が付いていなかったのである。

✦
✦
✦

聖女の舞が終わり日が傾き始めた頃、スズとマジクの二人はまだ広場が見える屋上にいた。

「スズ、いいの？」

心配そうな表情でスズの顔をマジクが覗《のぞ》いた。

「レオっちから待ってろって言われたからウチらはここで待機やね」

「うん……」

「レオっちなら大丈夫やから」

スズが落ち着かせるように優しくマジクの頭を撫《な》でる。

「は〜い♪　『白獅子《しろじし》』のお二人さん♪」

あからさまに私怪しいですという雰囲気を隠さずに『翠玄武《みどりげんぶ》』が現れた。その様子に思わずスズは笑ってしまった程。そしてマジクが警戒心マックスで睨《にら》み付けた。

「『翠玄武』セルキスやん、なんか用か？　ウチら今忙しいんやけど」

「つれないわね。お二人にとっておきの情報を持ってきたんだけど？」

「シルが攫《さら》われたとか？」

あっさりと訪れた理由を言い当てられた『翠玄武』はスズに感心する。

「……気付いていたの？」

「シルがレオ達を近くで一目見たらウチらに合流する言うてたのに遅いからな、ウチの『鷹《たか》の目』で聖女の舞の最中に国中を捜してみたけど地上には映らんかった」

「へえ、じゃあ相手は……」

「『四罪』の残党、やろ。最近また少し集まっとるみたいやしな。こない早く動くとは思わんかったけど。やっぱ数が多すぎて掃討は難しいわな」

「場所……」

「鳳凰通り《ほうおうどお》りにある酒場『英林亭』の地下に一つ、永亀《えいき》通りにある武器屋『遠来』の二階に一つ、七五地区八通り三十番区の一角に一つ、最近あいつらが作っとる巣があるけど。まあ間違いなく『英林亭』の地下やろな。シルを拉致した後に隠すなら」

(私達が持っている情報より多い!?)

スズの情報量に流石にセルキスも動揺する。

「ウチらがここにおるのは、ほら、ここなら鳳凰通りが遠くに見えるやろ。レオにここで待機って言われとるからな」

「(偶然、シルさんのことが私達の情報網に引っ掛かったからスズさんの所に来てみたけど……まさかここまでとはね……)『白獅子』一人で行かせて良いの？　シルさんの付与魔導なしなのよ？」

シルの付与魔導の力はきちんと把握している。そしてレオがスキルをパリィしか使えないことも。そんなレオ一人で敵陣に乗り込む。普通に考えれば無謀だろうとセルキスはスズに問う。

が、そんなセルキスの問いにスズは心底がっかりしたように返す。

「なあ」

「……何よ」

「レオっち舐《な》めすぎやろ。ソロでどんだけ冒険者やっとったと思う？　そら、ロサリア様やらクルス様やらレイラ様やら上の上、人間辞めてるような上澄みばっかと比べたらアレかも知れんけど」

スズの言葉にマジクが続く。

「レオはね、その辺の騎士や冒険者くらいには負けないよ。レオは戦いが上手いもん。街中なら特に」

「ウチらと一緒におる時は脳筋になるけどな。ていうかな、スキルほぼなしでロサリア様と渡り合える人間、レオっち以外あんた知っとる？」

◆◆◆

「ちわー三河屋でーす」

「ほう、どうしてここが分かぐはあ」

「てめえ、一人じゃ何も出来ないって話じゃがああ」

英林亭の扉の前にいた二人の門番。レオが声を掛け、振り向いた瞬間、出会い頭に股間を蹴り上げて一人を文字通り潰した。踞《うずくま》った相方に目をやったもう一人のほうへ、股間を潰した男を蹴り飛ばし、受け止めた所で二人纏めて剣で突き刺した。

剣に手を掛けながら乱暴に扉を蹴破ったレオのほうへ、酒場にいた賊崩れ八名が振り返る。入り口横にいた男は蹴破られたことに驚いたと同時に太腿《ふともも》を刺され、痛みに屈《かが》んだ所で首を落とされた。

『大切断!』

一番先に我に返った賊崩れが戦士系上級スキルでレオに斬り掛かる。

『パリィ』

「はぁ!? 『パリィ』なんぞで何故《なぜ》防げ」

『大切断』による上段からの斬撃を弾《はじ》いた反動を使いそのまま喉元を斬った。

「てめえ!!!」

ようやく我に返った他の賊崩れも一斉に襲い掛かる。バックステップでレオがわざと背を壁に付けた。剣を持ち、正面からなら多くても同時に掛かれるのは三人だけ。

『大切断！』

『豪突！』

『水面斬り！』

三者三様の戦士系スキルで斬り掛かる。全てレオがどれだけ手を伸ばしても手に入らなかったものだ。

『パリィ』

一振りで全て弾いた。一様に振り被《かぶ》るような姿勢を取らされた賊崩れ達の、ガラ空きの胴に向けて思いっきり切れ味の鈍い剣を薙《な》いだ。血飛沫《ちしぶき》を被りながら、残りの三人を見やる。

窓側の一人はそこそこ強そう。カウンター側の二人はそうでもない。

パッと見で実力に当たりを付けたレオは目の前に倒れた三人を擦り抜け、窓側の一人に向け机を蹴り飛ばした。

蹴飛ばされた机を窓側の賊崩れがスキルを使わずに剣を抜き切り裂いた、と同時にカウンター側にいた二人は纏めてレオに串刺しにされた。

「後一人……」

「くそ！　誰だ『白獅子』は仲間なしじゃ何も出来ない雑魚だと吹いた奴《やつ》は！『豪雷』……!?」

剣を振り被り聖剣技下級スキルを放とうとした賊崩れに向けレオが酒場に来る前に拾った小石を指で弾き、片目を潰した。食事中であったろうカウンターにあったフォークとナイフを手に取り更に投げる。無事であったもう片目にフォークが、左手にナイフが刺さり剣の握りが緩む。瞬間、レオの全体重を乗せた刺突が賊崩れの体を貫いた。

「スキルに頼りすぎなんだよお前ら。しかし聖騎士スキル持ちまでいるのか」

剣も投擲《とうてき》も、スキルを使った威力や速さにレオのそれらは及ばない。

だが、結局こちらが当たらなければ良い。

スキルがなくても結局斬れれば良い。スキルがなくても結局刺すことが出来れば良い。冒険者として、スキルを使えなかったが故に型に嵌《は》まらなかった騎士道などとは程遠いレオの戦い方だった。

「……あっちかな」

カウンター奥の扉を開き、地下階段を駆け下りる。何事かと地下から階段を見上げに来た賊の顔面に壁に備え付けられた蠟燭《ろうそく》を取りながら飛び蹴り。仰向《あおむ》けに倒れた賊崩れの顔面に膝から着地して顔面を潰した。

（シルは……、奥の扉の部屋に一人でいる）

魔力が見える眼《め》に今一番感謝した。扉越しにシルの魔力がこの眼で見える。

この眼に慣れてきて色々分かった。魔力というのは形というか、波長みたいなものが人によって違う。シルやマジク、クルスさんにロサリアさん。この辺りの人は特に濃いというか、もうパッと見で「ああ、特別なんだな」とはっきり分かるくらい特徴的で間違いようがない。特にシル。めっちゃ毒々しく禍々《まがまが》しい。凄《すご》く良い娘《こ》なのになんでだろうね？　本人に言ったら傷付きそうだから言わないけど。俺の魔力？　自分の眼でもまったく見えないが？

ともかくシルの状況はスズの予測通りだった。すぐにここに来て良かった。人を集めている最中だったのだろう、まだ拘束されているだけで何もされていないようだ。奥の扉の前、この広間にあと三人のみ。

「『白獅子』……!!　あ!?」

飛びながら手に取っていた蠟燭を、レオが宙に軽く放り投げた。一瞬、蠟燭に気を取られた真横にいた男の両足首を切り飛ばし、倒れた所で背を刺した。あと二人。

「おい、人質がどうなっても!?」

ブラフ。室内にシルしかいないのは分かっているので無駄。扉に向かって伸ばした腕をそのまま斬った。左から攻撃魔導の発動の予兆（多分炎系？）の魔力が目端に入った。壁際にあった小さな机を賊崩れ魔導師の顔面に投げつけ魔導の発動を止め、机越しにそのまま剣で突き刺した。

「シル！　シル！」

扉をまた蹴破り、手足を縄で拘束され、口を布で塞がれたシルを見たレオはすぐさま拘束を解き口布を剝ぎ取った。

「大丈夫か!?」

「ごめんなさい、ごめんなさい私、私、迷惑、掛けちゃって」

「いいから、大丈夫だから。遅くなってごめんな」

泣きじゃくるシルを落ち着くまでレオは抱きしめた。

ようやく、泣きやんだシルを離したレオは返り血がシルに付いてしまったことを平謝りし、いつものレオに戻っていた。

◆
◆
◆

「そろそろええかな。マジク、行こか」

「うん」

「貴女《あなた》達、どこへ？」

なんとなく、そろそろレオなら片付けたかなとスズとマジクが当たりをつけて二人も英林亭へ向かう。そんな二人にセルキスは分かりきったことを聞いた。だから二人は当然答える。

「そんなん決まっとるやんなあマジク」

「うん、家族が帰ってきたら『おかえり！』だよ！」

◆◆◆

クルスとの会話を終えたレイラは、久しぶりに王城へ帰った。その足のまま、長兄レミアハートのいる執務室へ向かい祭りの最中に考えた自分の意見を自信満々に話した。

「だからレオを一回上に置いちゃえば良いと思うの！　どうです……だ！」

「……はあ」

いきなり現れ、とんでもないことを言い出した妹を見て進めていた筆を机に置き、どうしたものかなとレミアハートは机に肘を突いて頭を抱えた。

「そんなに大きなため息吐《っ》きますか、レミアハート兄様」

「久しぶりに顔を見せたと思ったら……レイラ、次期王はロサリアが既定路線だ」

「それは分かってるけどさ」

「……まあ代案の代案の代案の代案くらいには考えても良い案ではある。かなり詰めが甘いが」

「つまり……状況次第で採用ってこと！」

完全否定されなかっただけ、自分が出せる案としてはかなりまともだろうとレイラは単純に喜んだ。

「他の王位継承権を持つ兄弟は納得しないだろうがな。自分こそと主張する者だっているのは分かっているだろう」

「それこそ……あの兄達は状況次第で『寿命』か『病死』になっちゃうんでしょ。それくらいわた……俺だって分かる」

「レイラ、口調が統一出来ていないぞ。その俺口調、向いてないみたいだからやめたらどうだ？どうせその様子だとクルスらの前だと保てていないのだろう」

「ぐぬぬ……」

「確かにアレらは母が違うとは言え血を分けた弟達だ。が、私利私欲が強すぎる。王位は預けられん」

「どんな理由でもロサリア兄様はそれを許さないと思うけど」

「……政治は私の仕事だよ。恨まれるのもね」

「難儀だねーレミアハート兄様は」

「そう思うなら王城で私の仕事を手伝えレイラ」

「無理無理、俺『蒼麒麟《あおきりん》』。脳筋女拳闘士。政治分からない。だから城から離れる。……てな訳で私はこれでー！」

「待てレイラ！　……まったく」

スタコラサッサーとレオが呟《つぶや》いていた謎の言葉を発しながらレイラはレミアハートの制止も聞かず退室した。と同時に柱の陰から『翠玄武』セルキスが顔を出した。

「レイラ様は相変わらずですね」

「そうだな、と帰ったかセルキス。『白獅子』はどうだった」

『翠玄武』セルキスは無言で両手を上げた。

「恩を売るどころか、実力差を見せつけられた感じですかねー。絶対敵に回したくないです。『白獅子』が潰した『四罪』残党の拠点の一つ、英林亭の後掃除は命じてきましたよ。もうちょっと残党が集まるのを待ってたんですが、集まる前に事を起こされたら仕方ないですね」

「そうか」

「『白獅子』を怒らせちゃ駄目、私は心に誓います。敵認定されたら話なんて聞いてもらえなくなりますよ。アレは敵に殺意が強すぎる。あ、コレ見ます？　英林亭に偶然仕掛けていた私の研究室試作品、映像記憶水晶の映像。冒険者でいうと上位に位置付けされそうな連中が虐殺される映像ですよ。ああいった場所での荒事に慣れすぎでしょ。戦う場所を選ばなければ騎士団にも勝つんじゃないですか？」

「後で確認しておこう」

そう言ってレミアハートはセルキスから魔導具を受け取った。

「懐に入れれば身内にはゲキ甘なんでしょうけどねー。明確な敵に対して一切容赦がない。元は冒険者としても実力がなかったところから這《は》い上がっただけはありますね。元々強者であるロサリア様なんかとは真逆の性質というか」

「ロサリアも敵に一切の容赦はないよ。ただ話を聞く余裕があるかないかだろうさ」

「そうですかねえ」

「一つ聞きたいのだが」

「なんでしょう」

「『白獅子』は付与魔導師がいないと弱い。仲間がいないと無能』という噂《うわさ》が裏で流れているようだな」

「それは大変ですねえ。ま、仲間の有能さを認められたいらしい『白獅子』としては別に良いのではないですか？」

レミアハートの問いに他人事《ひとごと》のようにセルキスは答える。これ以上は茶番だなとレミアハートは思ったが、念押しを兼ねてもう一度問う。

「……敵対したくはないんだな？」

「敵として認識されたくないですねー。では私はそろそろアレの研究に戻りたいのですがー」

「……分かった。下がれ」

「はーい」

「……まったく。どうしたものかな」

そろそろ、目に余るな。そうレミアハートが思った夜、セルキスは城から姿を消したのだった。

◆◆◆

王都ブリジビフォアを照らしていた夕陽《ゆうひ》が沈んだ。宿で血を洗い流して着替えたレオとシルに、スズとマジクが合流し全員でシルを慰めながら出店を回ることになった。

「ほらシル、箸巻きだぞー」

「シル、わたあめ美味《おい》しいよー？」

「シル、リンゴ飴《あめ》あっちにあるで」

レオもスズもマジクも、各々が屋台から美味しそうな物を見つけてはシルに食べさせようとする。シルも皆の意図を理解し苦笑するも、やはり内心は嬉しく思った。だが、そこまで食は太くない。

「ありがとう。でもそんなに食べられないから」

「ほらほらー好きなもん食うとええでー。レオっちの奢《おご》りや」

「じゃ、じゃありンゴ飴一つ……」

「よーしじゃああの特大レインボーリンゴ五重の塔飴を買ってやろう！」

「無理無理無理、無理です！」

「ねぇスズ、レインボーリンゴってあの神聖樹の？」

「着色しとるだけやろ。ほんまもんはマジクのお爺《じい》さんが守っとるんやから取れる人間なんておらんよ。マジクは食べたことあるん？」

「うん、一つだけ。美味しくなかったよ。スズも食べたい？」

「美味しくないならいらんかなあ。ウチ、美味しいリンゴのほうがええわ」

「私も！」

出店を覗きながら、ゆっくりと練り歩く。周りの喧騒《けんそう》もこの日ばかりは気持ちが良い。マジクですらフードは深く被りながらも楽しそうである。

「あら、レインボーリンゴって美味しくないんですね」

「あの教会本部の大神殿の壁画に描かれてる神聖樹って実在するのか。やっぱ世の中広いな」

「あれ、クルス様とレイラ様やん。なんでこんなとこおるん？」

しれっと交ざっていたクルスとレイラ。神聖樹が実在していて、そのレインボーリンゴが食されたとか実は聖道教会としては大事件であるが、この場でそんな野暮なことを言う二人ではない。二人もその辺りの優先順位はおかしいほうなのだ。

「ほんとだー、こんばんはー！」

「はいこんばんは、マジクさん」

「はいシル、ダブルゲーミング特大レインボーリンゴ五重の塔飴レボリューション！　アレ二人共何してんの？」

「ええええなんでこれ光ってるんですかぁ……ってクルス様にレイラさん、お二人も祭りを楽しんでるんですね」

「そ、たまには城以外からでも花火見たいじゃん？」

「私も教会に籠るのはあまり性に合わないと言いますか」

「おや、みんなここにいたのか」

「あれ、ロサリアさんまで。みんな物好きだね。城も教会も、花火眺めるには特等席だと思うけどねえ」

「お？　なら王城に来るか」

「いえいえ、教会でも良いと思いますよ」

「ちょ」

レオの両腕にクルスとレイラが抱き付いた。

「「はっ？」」

シル、スズ、マジクの三人の冷たい目線からレオは「いや、知らんし。俺なんもしてないし」と目を逸《そ》らした。

「よし俺と一緒に王城へ（あれ、クルス協力してくれるんだよな？）」

「いえいえ私と共に教会へ行きましょう（レイラさん、協力してくれるんですよね？）」

両腕を綱引きのように引かれてギリギリギリギリと人体から発してはいけない音がレオから上がった。当の本人は全てを諦めた顔をしている。

レイラもクルスも、共にレオを余裕で超えるゴリラ筋力の持ち主である。摑《つか》まれている時点でレオにはどうしようもないのだ。

（協力する為《ため》の前振りですよね？　ですよね？　そろそろ大丈夫ですよレイラさん？）

（おおおお、やべえクルスの馬鹿力また強くなってるじゃんか!?　鍛えてないのになんで筋力上がってるんだよ!?）

「(こんな所でレオっち争奪戦の前哨戦《ぜんしょうせん》が始まってもうたか……)ほら、ロサリア様止めてーや」

「(スズ、やはり私の背中を押してくれるのだな)わ、分かった。二人ともその辺りに」

「「ロサリア(兄様)はどっちの味方なんですか!」」

「……とりあえず今は二人の間でグッタリしているレオの味方かな。二人共落ち着いて」

「大丈夫です! 腕が千切れても繋《つな》げますから!」

「嫌だ! 昼間に奇跡の舞披露していた奴の台詞《せりふ》じゃないよねそれ!?」

「レオさん、どうせご飯のことしか考えてなくて見てなかったじゃないですか!」

「ハハッ、ばれてーら」

「見いやマジク、花火上がり出したでー。綺麗やなー」

「もうすぐ目の前で汚い花火が上がりそうですけど……」

「シルー、スズー、マジクー、助けてー」

「シル、いまはロサリア様に任せとき」

「そ、そうですね」

「おー花火綺麗」

「ぎゃあああああ」

王都の夜空に打ち上がる花火が今年のサン・ブリジビフォア祭の終演を告げる。シル、スズ、マジクの目の前でも汚い花火が弾けたとか弾けなかったとか。

Epilogue

「俺、『白獅子《しろじし》』辞めます」

我がパーティーハウスにて他のパーティーメンバーに堂々と宣言した俺、を見る目の前の三人にため息を吐《つ》かれた。なして。

「俺、『白獅子』辞めます」

とりあえずもう一度言ってみる。

「レオさん……。『白獅子』は称号であって職業じゃないから辞めるも何もないって何度も言われたじゃないですか。王城にいらないって最初に言い出して乗り込んだ時……」

「ぐぬぬ……。無理やり押し付けられて何の旨味《うまみ》もない……」

「『白獅子』授与の時に獅子騎士団の創設を拒否、近衛騎士団団長《このえきしだんだんちょう》待遇での招聘《しょうへい》も拒否、神殿騎士団特別待遇での招聘も拒否。何もかんも断ってたらそら旨味なんかないわな。あるとすれば王国内の色んな設備顔パスで行けるってところやろうけど」

「一切使ってないから意味がない」

「……せやんなあ」

「いらないってあんだけ言ったのに……」

「断れなかったもんねー」

「しゃーないやん。ほんま偶然『千年に一度の厄災』が現れて討伐したのめっちゃ大勢に見られたんやから」

我が家でいつも通り寛《くつろ》いでたら、スズが急に「なんか嫌な予感がする」とか言い出して、皆不安そうだったから都市の外に出てスズが言った方向に歩いて行ったら、なんか召喚されたみたいに急に出現したアレ。

ゴジラかと思ったわ。君世界観間違ってない？　ってマジで思ったもん。いや異世界で巨大モンスターは別に間違ってはないいんだけど。

「ま、やらないと沢山人死んでたし」

「千年単位で現れて王国を滅ぼしていた伝説の魔物の初討伐でしたからね。千年王国と揶揄《やゆ》されていたこの国が永世国家と言われ出したんですから。レオさん凄《すご》いです」

「いやあれ完全にシルの付与魔導が凄かっただけだからね？　スズが地の利を活《い》かす戦術立てててマジクが足止め頑張ってくれたからだからね？」

「ウチ、あの辺が広くて戦い易《やす》いって言っただけやからな？　城よりデカい魔物相手に一人で前衛張って倒した奴《やつ》がようゆうわ」

「王都を吹き飛ばす威力のブレスを身体《からだ》一つで受け止めるのは付与魔導があるないの問題を超えてますよ……」

「沈めようにも魔力結界張られてほとんど足止め出来なかったよ？」

「いやあのブレスは受け止めなかったらこの街吹き飛んでたしさ……。っていうかぶっちゃけロサリアさんのほうが強かったし」

これは事実。人間であるロサリアさんのほうが強かった。

多分最高火力であったブレスもロサリアさんの聖剣技最高峰のスキルのほうが火力があった。

ロサリアさんのスキルならブレスも防げる手筈《てはず》あるだろうし……。

こう考えるとやっぱマジで化け物なんだよなロサリアさん。

……っていうかアレ、これが物語ならロサリアさんが倒して英雄になるイベントだったろって今でも思ってる。

「で、なんでそんなことまた言い出したん？」

「この前のシルが攫《さら》われた件でさ」

「『四罪』の残党の件ですね……」

「あれほんとに『四罪』の残党だったのかなって」

「へえ……。なんでそう思ったん？」

「んー、勘かな？」

「レオっち、そういう勘は割と当たるからな」

「いやね、アイツらの剣が上品だったんだよ」

「剣に品があるのー？」

「喧嘩《けんか》慣れってか、室内戦闘慣れしてない奴ばっかりだったし」

「場慣れしてない？」

「そ。賊ならもっと雑に喧嘩だろ。わざわざ構えてスキル使ってさ。広い闘技場じゃないってのに。そりゃスキルは強いけど。……あれさ、騎士か騎士崩れだったんじゃないかなって」

皆が皆、室内戦闘でわざわざ上段に構えてからスキル使おうとする奴ばっかりだった。闘技場じゃないっつーの。天井に刺さって抜けない……なんてことはスキル使えばないけど、いやまあ天井ごと斬り裂けるだろうけど、わざわざそんな選択肢選ぶ必要がなさそうな連中。

そのスキルしか使えないならまだしも、どいつもこいつも上級スキル持ち。魔導使いに至っては地下で多分アレ炎系魔導放とうとしやがったし。窒息して自滅する気かっての。

「……きな臭いなあ」

俺の話を聞いたスズが何やら考える。ぶっちゃけ知ってること話したら考えるのはスズに丸投げしたほうが大体上手《うま》くいくので俺、考えるのやめます。

「だからしばらく国外に出ます！『白獅子』しばらく中止！」

「ああ、そういうことね。ならウチはやることいろいろありそうやからあとで合流するわ。マジク、手伝ってくれへん？」

「いいよ！」

「え、ええと私は……」

「シルはレオっちと一緒な」

「そうだぞシル！俺、シルがいないと無能だぞ！」

「(レオっちはどっちかと言うとウチらの誰かが一緒におるほうがただの脳筋になるけどな)らしいで？」

「わ、分かりました！で、国外って何処《どこ》に？」

「隣国、ホスチェストナッツ！理由はない！」

「ま、ええんちゃう？あそこいまゴタゴタしとるらしいから適当に紛れ込むにはちょうどええやろ。どうせなら観光でも兼ねて、あっこの主都で合流する？」

と、いうわけでなんやかんや話をした後、俺達《たち》は一旦このホスグルブ王国を離れ、隣国ホスチェストナッツに向かうことになった。しばらく離れるんで！　って一応冒険者ギルドに行き先は告げずに連絡だけしといた。ま、魔族の領土に出掛けたり竜神王の所に出掛けたりとか割としてるんでしばらく国から離れるのはよくあるから問題はないだろう。

というわけでとりあえず、目指せ主都『ウツノミヤ』！

あとがき

はじめまして、白石基山《しらいしきやま》です。

皆様がこのあとがきをお読みになっているということは、本作品が本当に書籍化しているということなのでしょう。

書籍化のお話を頂いた際、「ドッキリか……？」と思いながらも「よし、面白そうだから釣られよう！」と三秒程悩んで返信しました。

結果、お話を聞いて「あれ、もしかしてドッキリではない……？」と「いや、まだだ。まだ分からん」という気持ちに挟まれながら話が進んで行き、今日に至ります。

誠にありがたい話であります。

話は少し逸れますが、私の趣味は登山です。

私の山へアクセスする為の必需品は車です。

早朝から山に登る為、夜明け前に高速道路を私の愛車（軽バン）が唸りを上げながら法定速度を遵守して爆走しています。

まだ暗い中です。フロントガラスに何か当たる音がしましたが、

高速道路を走行中では何かは分かりません。高速を降りて陽が出てきてようやく、
フロントガラスの助手席側下の方にひび割れを見つけた次第です。そう、飛び石です。
丁度、点検にディーラーに持って行くタイミングでもありましたので、
確認して頂いた所、「ひび割れが大きいのでリペア（補修）は無理ですね。
フロントガラスを交換しないと次の法定検査は通らないです」と
悲しい宣告をされました。泣けますね。
この作品が書籍として皆様の手に渡ったのはそんなタイミングです。
何かを手にする為には何かを犠牲にしなければならないのです。
きっとそうなんだと思い込むことで悲しみから逃避している次第であります。

遅れましたが、本作を手に取って頂いた皆様、ＷＥＢ連載から
お付き合いを頂いているハーメルン読者の皆様、素敵なイラストを描いてくださった灯《あかし》様、
沢山お力添えを頂いた編集Ｙ様、本当にありがとうございました。重ねてお礼申し上げます。
それではまたお会い出来れば幸いです。
次に挨拶が出来るまでに、二発目の飛び石が飛んで来ないことを祈りながら。

隣国ホスチェストナッツへ向かう『白獅子』。
——そこは革命の只中。王と王妃が討たれ、
逃げ出した王女も命を狙われていた。

そんな王女に偶然出会ってしまったレオは、
身分を知らずにノリで救ってしまい!?
さらに古代遺跡を訪れた
レオを待つのは『聖女と魔女』の伝説。

自分に自信がない
最強パーティーメンバーが辞めたがる件
2

The strongest party member
who is unsure of herself
wants to quit.

2025年春頃発売予定!

次巻予告

「私、『聖女』辞めたいんですよね……。辞めれないんですけど」

聖女クルスの秘密の一端が今、明らかに――!?

自分《じぶん》に自信《じしん》がない
最強《さいきょう》パーティーメンバーが辞《や》めたがる件《けん》
1.チートすぎる仲間《なかま》となぜか英雄《えいゆう》になった転生者《てんせいしゃ》

2024年10月30日　初版発行

著／白石《しらいし》基山《きやま》

画／灯《あかし》

発行者／山下直久

発行／株式会社KADOKAWA
〒102-8177　東京都千代田区富士見2-13-3
電話 0570-002-301（ナビダイヤル）

印刷所／株式会社KADOKAWA

製本所／株式会社KADOKAWA

●お問い合わせ
https://www.kadokawa.co.jp/（「お問い合わせ」へお進みください）
※内容によっては、お答えできない場合があります。
※サポートは日本国内のみとさせていただきます。
※Japanese text only

定価はカバーに表示してあります。

ISBN 978-4-04-811393-9 C0093

◆◇◇